Geistercode: Ein paranormaler Cyberthriller über die dunkle Seite der sozialen Medien

Alexis Cipher

Published by Alexis Cipher, 2024.

This is a work of fiction. Similarities to real people, places, or events are entirely coincidental.

GEISTERCODE: EIN PARANORMALER CYBERTHRILLER ÜBER DIE DUNKLE SEITE DER SOZIALEN MEDIEN

**First edition. December 3, 2024.**

Copyright © 2024 Alexis Cipher.

ISBN: 979-8227597441

Written by Alexis Cipher.

## Also by Alexis Cipher

TechnoWhite & Seven Geeks: A Steamy Cyberpunk Romance Novel
Geistercode: Ein paranormaler Cyberthriller über die dunkle Seite der sozialen Medien

# Inhaltsverzeichnis

Prolog ................................................................................. 1
Kapitel 1 .............................................................................. 9
Kapitel 2 ............................................................................ 19
Kapitel 3 ............................................................................ 29
Kapitel 4 ............................................................................ 39
Kapitel 5 ............................................................................ 49
Kapitel 6 ............................................................................ 59
Kapitel 7 ............................................................................ 67
Kapitel 8 ............................................................................ 77
Kapitel 9 ............................................................................ 85
Kapitel 10 .......................................................................... 93
Kapitel 11 .......................................................................... 99
Kapitel 12 ........................................................................ 107
Kapitel 13 ........................................................................ 113
Kapitel 14 ........................................................................ 117
Kapitel 15 ........................................................................ 121
Kapitel 16 ........................................................................ 129
Kapitel 17 ........................................................................ 139
Epilog .............................................................................. 149

# Prolog

Die rote Aufnahmeleuchte blinkte rhythmisch im Halbdunkel des modern eingerichteten Apartments. Max "CyberMax" Weber, einer der erfolgreichsten deutschen Lifestyle-Blogger, saß wie gewohnt vor seiner professionellen Streaming-Ausrüstung. Seine markanten Gesichtszüge wurden vom bläulichen Licht mehrerer Bildschirme erhellt.

"Also Leute, ihr glaubt nicht, was ich gerade entdeckt habe!" Seine Stimme klang aufgeregt, aber irgendwie anders als sonst - ein leichtes Zittern schwang mit, das seinen üblichen selbstbewussten Ton untergrub. "Diese neue App ist absolut krank. Nicht das übliche 'Oh mein Gott, das müsst ihr unbedingt ausprobieren'-Krank, sondern..." Er stockte kurz, sein Blick huschte zur Seite.

Die Live-Zuschauerzahlen stiegen rapide an. 5.000... 8.000... 12.000...

Schweiß glänzte auf seiner Stirn, was seine zwei Millionen Follower noch nie gesehen hatten. CyberMax war für seine makellose Präsenz bekannt. Immer perfekt gestylt, immer cool, immer Herr der Lage. Aber heute Nacht war alles anders.

"Okay, ich zeige euch mal was..." Seine Hände zitterten leicht, als er sein High-End-Smartphone vor die Kamera hielt. Der Chat explodierte mit Nachrichten:

*Was ist los mit ihm? Alter, du siehst krank aus Ist das ein Publicity-Stunt?*

"Seht ihr das?" Seine Stimme überschlug sich fast. "Diese Symbole im Hintergrund. Sie... sie bewegen sich. Das ist keine AR, kein Filter. Das ist..." Er brach ab, starrte mit geweiteten Augen auf sein Display.

Die Temperaturen im Raum schienen plötzlich zu fallen. Die modernen LED-Panels an der Wand hinter ihm flackerten kurz. In den Fenstern der 15. Etage spiegelte sich das nächtliche München, ein Meer aus Lichtern unter einem sternenklaren Oktoberhimmel.

"Was zum..." Max' Gesicht verlor jede Farbe. Seine Augen weiteten sich in blankem Entsetzen. Das Smartphone in seiner Hand vibrierte heftig, die Bildschirme um ihn herum flackerten synchron.

Die Zuschauerzahl erreichte 50.000.

"Nein... nein, das ist nicht... das kann nicht..." Seine Stimme war nur noch ein Flüstern. Die Kommentare im Chat überschlugen sich, aber Max nahm sie nicht mehr wahr. Sein Blick war starr auf etwas gerichtet, das nur er sehen konnte.

Ein markerschütternder Schrei hallte durch das Apartment. Die Kamera wackelte, als Max aufsprang. Im Hintergrund zerbarst einer der Bildschirme in einem Funkenregen.

"BLEIBT WEG! BLEIBT WEG VON MIR!"

Die letzten Bilder des Streams zeigten sein verzerrtes Gesicht, eine Mischung aus Panik und ungläubigem Entsetzen. Seine Augen waren weit aufgerissen, die Pupillen unnatürlich geweitet. Auf den Displays spiegelten sich für den Bruchteil einer Sekunde seltsame Symbole - ancient und modern zugleich, wie Computercode verschmolzen mit uralten Runen.

Dann wurde der Stream schwarz.

In der Totenstille seines Apartments summte nur noch leise der hochmoderne Gaming-PC. Auf dem Smartphone, das auf den teuren Parkettboden gefallen war, pulsierte eine einzelne Notification:

*Willkommen bei NightTales - Erzähle deine Geschichte*

Drei Stunden später würden die ersten Polizeisirenen die nächtliche Stille durchbrechen. Aber da war es bereits zu spät für CyberMax. Seine letzte Geschichte war erzählt.

Im 15. Stock eines anderen Münchner Gebäudes öffnete eine junge Frau mit feuerrotem Haar ihre Laptop. Sophia Kern, investigative Bloggerin und selbsternannte Jägerin urbaner Legenden, klickte auf den gespeicherten Stream. Ihre grünen Augen verengten sich, als sie das Video Frame für Frame analysierte.

"Was hast du gesehen, Max?" murmelte sie, während ihre Finger über die Tastatur flogen. "Was zur Hölle hast du gefunden?"

Sie ahnte nicht, dass sie mit dieser Frage einen Stein ins Rollen bringen würde, der ihr Leben für immer verändern sollte.

Die Digitaluhr auf Sophies Laptop zeigte 03:47, als sie zum zwanzigsten Mal den letzten Stream von CyberMax abspielte. Der Bildschirm warf ein gespenstisches Licht auf die Wände ihres chaotisch-gemütlichen Lofts in Schwabing, wo sich Zeitungsausschnitte und Recherchematerialien zu einem bizarren Mosaiko aus Mysterien vereinten.

"Komm schon, Max," murmelte sie, während ihre Finger über das Touchpad tanzten. "Zeig mir, was du wirklich gesehen hast."

Sie nahm einen Schluck vom längst kalt gewordenen Kaffee und verzog das Gesicht. Auf ihrem zweiten Monitor lief eine Analyse-Software, die sie sich von einem befreundeten IT-Experten "ausgeliehen" hatte. Frame für Frame wurde der Stream zerlegt, nach Anomalien durchsucht.

"Das ergibt keinen Sinn," sprach sie zu ihrer schwarzen Katze Luna, die auf dem Schreibtisch zwischen Energydrink-Dosen und Notizblöcken thronte. "Max war ein Profi. Paranoid, was seine Technik anging. Dreifache Backups, redundante Systeme..."

Luna miaute desinteressiert.

"Ja, ja, ich weiß. Klingt nach einer weiteren bedeutungslosen Internet-Tragödie." Sophie rieb sich die müden Augen. "Aber irgendetwas stimmt hier nicht. Diese Symbole..."
Sie spulte zurück zu dem Moment, kurz bevor Max in Panik ausbrach. Dort - für einen Sekundenbruchteil spiegelte sich etwas in seinem Bildschirm. Sophie drückte auf Pause, zoomte heran.
"Was zum..." Sie beugte sich näher an den Bildschirm. Die Symbole waren wie ein Echo aus einer anderen Zeit - halb Computercode, halb... etwas Älteres. Etwas, das sie an die kryptischen Zeichen in alten Grimoires erinnerte.
Ihre Finger flogen über die Tastatur, während sie Notizen machte:

- Symbolik ähnelt frühmittelalterlichen Runen
- Digitale Transformation klassischer Sigilien?
- Verbindung zu anderen Fällen?

"Drei Blogger in den letzten zwei Monaten," murmelte sie, während ihr Blick zu der Pinnwand an der Wand wanderte. Dort hingen Ausdrucke von zwei anderen mysteriösen Todesfällen. "Alle erfolgreiche Influencer, alle nach merkwürdigen Live-Streams verstorben."
Luna sprang plötzlich vom Schreibtisch, ihr Fell gesträubt. Im selben Moment flackerte Sophies Bildschirm. Nur kurz, kaum wahrnehmbar, aber in der nächtlichen Stille erschreckend real.
"Hey!" Sophie tippte hektisch auf ihrem Laptop. "Nein, nein, nein! Nicht jetzt!"
Die Analyse-Software zeigte Fehler an. Dateien wurden korrumpiert. Und dort, am Rand ihres Bildschirms, schien sich für einen Moment dasselbe Symbol zu spiegeln, das sie in Max' Stream gesehen hatte.
Sophie reagierte instinktiv. Sie riss das Netzkabel heraus, klappte den Laptop zu. Ihr Herz raste, während sie in der plötzlichen Dunkelheit saß, nur beleuchtet vom Mondlicht, das durch die großen Loftfenster fiel.

"Das war kein Zufall," flüsterte sie. Luna kam zurück, schmiegte sich an ihre Beine. "Da steckt mehr dahinter. Viel mehr."

Sie griff nach ihrem Smartphone, öffnete den App Store. Die neue App "NightTales" prangte ganz oben in den Charts. Sophies Finger schwebte über dem Download-Button.

Eine SMS-Nachricht poppte auf ihrem Display auf: *Unbekannte Nummer: "Lass es, Sophia. Manche Geschichten sollten unerzählt bleiben."*

Ein kalter Schauer lief ihr über den Rücken. Die Nachricht verschwand, bevor sie sie speichern konnte.

"Tut mir leid," sagte sie zu ihrem Smartphone, ein entschlossenes Lächeln auf den Lippen. "Aber 'unerzählte Geschichten' sind genau meine Spezialität."

Sie drückte auf "Download".

In der Ferne heulte eine Polizeisirene. Irgendwo im Schatten ihres Lofts vibrierte ihr Laptop, als würde er auf eine unsichtbare Präsenz reagieren. Und in einem anderen Teil der Stadt betrat ein Mann namens Stefan Brandt gerade das Apartment von CyberMax, seine geschulten Augen sofort auf der Suche nach Spuren, die normale Ermittler übersehen würden.

Die Nacht war noch lang. Und die Geschichte hatte gerade erst begonnen.

◦❦◦

D er nächtliche Regen verwandelte die Lichter Münchens in ein verschwommenes Aquarell, als Stefan Brandt sein Diensthandy aus der Tasche zog. Die Nachricht von Viktor war knapp wie immer: *"Karlsplatz 15, Apartment 157. Influencer. Streaming-Tod. Potenzielle Verbindung zu Fall 2947. Deine Augen werden gebraucht."*

"Meine Augen, natürlich," murmelte Stefan mit einem bitteren Lächeln. Er strich über die Narbe an seiner linken Augenbraue - ein Souvenir von dem Tag, an dem er herausfand, dass er Dinge sehen konnte, die besser verborgen geblieben wären.

Der Fahrstuhl im luxuriösen Apartment-Komplex summte leise. Stefan betrachtete sein Spiegelbild in der polierten Metalltür. Mit seinem maßgeschneiderten schwarzen Mantel und der militärischen Haltung sah er aus wie ein gewöhnlicher Ermittler. Niemand würde vermuten, dass er für eine Abteilung arbeitete, die offiziell nicht existierte.

"Oberkommissar Brandt, Abteilung 15-K," stellte er sich dem jungen Streifenpolizisten vor, der vor der Wohnungstür Wache hielt. Der Junge war blass, seine Hände zitterten leicht.

"Die... die Spurensicherung ist schon drin, Herr Oberkommissar."

Stefan nickte nur. Sie alle wussten, dass nach seinem Erscheinen die reguläre Polizei den Fall abgeben würde. So lief es immer, wenn Abteilung 15-K involviert war.

Das Apartment war ein Showroom moderner Technologie. Bildschirme an jeder Wand, Gaming-Equipment vom Feinsten, Streaming-Setup wie aus einem Zukunftsfilm. Und mittendrin lag er - Max Weber, bekannt als CyberMax, Star der deutschen Influencer-Szene.

"Todesursache?" fragte Stefan den Gerichtsmediziner, der gerade seine Ausrüstung zusammenpackte.

"Herzstillstand. Wie bei den anderen." Der Arzt schüttelte den Kopf. "Keine Fremdeinwirkung, keine Drogen. Aber sein Gesicht..."

Ja, das Gesicht. Stefan hatte diesen Ausdruck schon gesehen. Dieser Moment, wenn Menschen etwas erblicken, das ihr Verstand nicht verarbeiten kann.

Er wartete, bis der letzte Polizist den Raum verlassen hatte. Dann holte er ein altmodisch aussehendes Monokel aus seiner Manteltasche - ein Familienerbstück, wie er jedem erzählte, der fragte. In Wahrheit war es älter als seine gesamte Familiengeschichte.

Durch das Glas begannen die Schatten zu tanzen. Digitale Spuren vermischten sich mit etwas Älterem, Dunklerem. Die Bildschirme, obwohl ausgeschaltet, pulsierten mit einem unterschwelligen Leuchten.

"Was hast du gesehen, Max?" murmelte Stefan, während er das Smartphone des Toten untersuchte. Die App "NightTales" leuchtete auf dem Display. Als er sie berührte, durchzuckte ihn ein elektrischer Schlag.

Für einen Moment sah er sie - die Symbole. Sie schienen direkt aus dem Bildschirm zu kriechen, eine unmögliche Verschmelzung aus Binärcode und uralten Zeichen. Seine Narbe begann zu brennen.

"Verdammt." Er trat einen Schritt zurück, rieb sich die schmerzende Augenbraue. Das war neu. Die Symbole reagierten auf ihn, als wären sie... lebendig.

Sein Handy vibrierte. Eine Nachricht von Klaus, dem Tech-Experten der Abteilung: *"Streaming-Aufzeichnung gesichert. Du solltest dir das ansehen. Und Stefan? Sei vorsichtig mit der App. Etwas stimmt da nicht."*

Ein trockenes Lachen entkam ihm. "Wann stimmt bei uns schon mal etwas?"

Er warf einen letzten Blick durch das Monokel. Die digitalen Schatten hatten sich verdichtet, formten einen Pfad aus dem Apartment heraus. Sie führten nach Osten, in Richtung Schwabing.

Was Stefan nicht wusste: Am anderen Ende dieses unsichtbaren Pfades saß eine rothaarige Bloggerin vor ihrem Laptop, die gerade dabei war, genau die Tür zu öffnen, die er zu schließen versuchte.

"Zeit für einen Hausbesuch," murmelte er und verließ das Apartment, während hinter ihm die Bildschirme ein letztes Mal aufflackerten, als würden sie ihm nachwinken.

## Kapitel 1

Die Morgendämmerung kroch gerade über die Dächer Münchens, als Sophie Kern ihr Presseausweis-Imitat einem müde aussehenden Polizisten unter die Nase hielt. "Sarah Meyer, Süddeutsche Zeitung," log sie mit einem strahlenden Lächeln. "Ich bin hier wegen des CyberMax-Falls."

Der Polizist warf einen flüchtigen Blick auf den Ausweis. Seine Schicht war fast vorbei, und eine weitere neugierige Journalistin war das letzte, was er jetzt brauchte. "Zehn Minuten," brummte er. "Die Spurensicherung ist schon durch."

"Mehr brauche ich nicht." Sophie zwinkerte und schlüpfte an ihm vorbei ins Gebäude.

Im Fahrstuhl zog sie ihr Smartphone heraus, schaltete aber nur die Taschenlampen-App ein. Ihr eigentliches Equipment versteckte sich in ihrer vintage Fotokamera - modifiziert mit Sensoren, die normale Kameras nicht besaßen. Ein Geschenk von einem paranoiden Tech-Freak, der schwor, damit "digitale Geister" einfangen zu können.

"Verrückt," hatte sie damals gelacht. Heute war sie nicht mehr so sicher.

Der Flur im 15. Stock war still, fast zu still. Die LED-Beleuchtung flackerte leicht, als sie vorbeiging. Ihr Smartphone vibrierte in unregelmäßigen Abständen, obwohl sie den Flugmodus aktiviert hatte.

Vor der Tür zu Max' Apartment hielt sie inne. Die Polizeiabsperrung war noch intakt, aber etwas anderes erregte ihre Aufmerksamkeit. Ihr digitales Thermometer - getarnt als modisches Armband - zeigte einen plötzlichen Temperaturabfall von fünf Grad.

"Interessant," murmelte sie und machte sich eine mentale Notiz.

Das Apartment selbst war ein Technik-Paradies im Chaos. Teure Kameras, Gaming-Equipment, Streaming-Setup - alles vom Feinsten, alles verlassen wie nach einer überstürzten Flucht. Der letzte Kaffee stand noch auf dem Tisch, daneben ein halb gegessenes Croissant.

Sophie begann methodisch, den Raum zu fotografieren. Ihre modifizierte Kamera surrte leise, während sie verschiedene Spektren analysierte. Auf dem kleinen Display erschienen seltsame Schatten, die mit bloßem Auge nicht sichtbar waren.

"Was haben wir denn hier?" Sie zoomte auf Max' Hauptbildschirm. In der Reflektion erschienen für einen Moment jene Symbole, die sie schon im Stream gesehen hatte. Ihre Kamera piepte aufgeregt.

Plötzlich sprangen alle Bildschirme im Raum an. Statisches Rauschen erfüllte die Luft.

"Heilige..." Sophie machte einen Satz zurück. Ihr Smartphone begann wie wild zu vibrieren, der Bildschirm flackerte mit denselben Symbolen.

Sie riss den Akku heraus, aber das Gerät vibrierte weiter. Die Temperatur im Raum fiel rapide. Ihr Atem bildete kleine Wolken in der Luft.

"Okay, das reicht," murmelte sie und griff nach ihrer Tasche. Zeit für einen strategischen Rückzug.

Doch als sie sich zur Tür drehte, erstarrte sie. Auf allen Bildschirmen erschien dieselbe Nachricht:

*"Willkommen bei NightTales, Sophia. Wir haben auf dich gewartet."*

Die Buchstaben verzerrten sich, formten neue Symbole. Ihre Kamera klickte wie von selbst, nahm Bild um Bild auf.

Ein Geräusch hinter ihr ließ sie herumfahren. Schritte im Flur, schwer und zielgerichtet.

"Scheiße." Sophie griff nach ihrer Ausrüstung. Die Bildschirme flackerten ein letztes Mal, dann wurde es dunkel. Nur ihr Thermometer leuchtete noch, zeigte mittlerweile minus zwei Grad.

Die Schritte kamen näher. Sophie duckte sich hinter Max' Streaming-Setup, ihr Herz hämmerte in ihrer Brust. Wer auch immer da kam, es war definitiv nicht der müde Polizist von vorhin.

Die Türklinke bewegte sich langsam nach unten.

In der plötzlichen Stille hörte Sophie nur ihren eigenen Atem und das leise Summen der Elektronik um sie herum - ein Summen, das sich anhörte wie ein unterdrücktes Lachen.

Stefan betrat das Apartment lautlos, Jahre des Trainings machten sich bezahlt. Im diffusen Morgenlicht sah er sofort die zusammengekauerte Gestalt hinter dem Streaming-Setup. Ein ironisches Lächeln huschte über sein Gesicht.

"Die Süddeutsche schickt ihre Reporter wohl ziemlich früh raus," sagte er trocken in die Stille.

Ein unterdrückter Fluch, dann tauchte ein roter Haarschopf hinter der Ausrüstung auf. Stefans Augenbraue hob sich überrascht. Er kannte dieses Gesicht - Sophia Kern, die "Jägerin der modernen Mysterien", wie sie sich in ihrem... Nein, jetzt war nicht der Moment dafür.

"Ich kann das erklären," sagte sie mit einem strahlenden Lächeln, das wahrscheinlich schon viele Türen geöffnet hatte. "Recherche für einen Artikel über..."

"Über digitale Geister? Oder urban Legends im Internet?" unterbrach er sie, während sein Blick über ihre ungewöhnliche Ausrüstung glitt. Die modifizierte Kamera entging ihm nicht.

Sophia richtete sich auf, ihre defensive Haltung wich professioneller Neugier. "Sie kennen sich mit sowas aus, Herr...?"

"Oberkommissar Brandt." Er trat näher, beobachtete, wie sie instinktiv einen Schritt zurück machte. Interessant - trotz ihrer selbstbewussten Fassade war sie vorsichtig. "Und Sie sind definitiv keine Reporterin der Süddeutschen."

"Freie Journalistin," konterte sie, während ihre Finger die Kamera fester umklammerten. "Mit Spezialgebiet... ungewöhnliche Phänomene."

Stefan bemerkte die Gänsehaut auf ihren Armen, die nicht nur von der Kälte im Raum kam. "Was haben Sie gefunden?"

Ihre grünen Augen verengten sich misstrauisch. "Warum sollte ich..."

Ein plötzliches Surren unterbrach sie. Alle Bildschirme im Raum flackerten simultan. Stefan griff instinktiv nach seinem Monokel, hielt aber inne. Stattdessen beobachtete er Sophia.

Sie reagierte blitzschnell, schwenkte ihre Kamera zu den Bildschirmen. Das leise Klicken des Auslösers mischte sich mit dem elektrischen Summen der Geräte.

"Diese Symbole," murmelte sie, mehr zu sich selbst. "Sie erscheinen immer im selben Muster, aber sie verändern sich. Als ob sie... lernen würden."

Stefan unterdrückte ein anerkennende Nicken. Ihre Beobachtungsgabe war beeindruckend. Sie sah Dinge, die normale Menschen übersahen. Nicht so präzise wie er durch sein Monokel, aber dennoch...

"Zeigen Sie mir die Bilder," sagte er, diesmal weniger als Befehl, mehr als Angebot.

Sophia zögerte, ihr Blick wanderte zwischen ihm und der Tür hin und her. "Unter einer Bedingung," sagte sie schließlich. "Sie erzählen mir, was hier wirklich vor sich geht."

Ein amüsiertes Schnauben entkam ihm. "Das würden Sie mir sowieso nicht glauben."

"Probieren Sie's," forderte sie ihn heraus, ein herausforderndes Funkeln in ihren Augen.

Bevor er antworten konnte, erlosch das Licht im Apartment vollständig. Die Temperatur fiel noch weiter. Und auf dem Hauptbildschirm erschien eine neue Nachricht:

*"Spielt nicht mit Dingen, die ihr nicht versteht."*

Die Symbole begannen zu pulsieren, schneller und schneller. Stefan sah aus dem Augenwinkel, wie sich digitale Schatten von den Wänden lösten, sich in ihre Richtung bewegten.

"Miss Kern," sagte er ruhig, während er langsam sein Monokel hervorzog. "Ich schlage vor, wir verschieben diese Diskussion auf später."

"Agreed," flüsterte sie, ihre Kamera immer noch auf die sich bewegenden Schatten gerichtet. "Aber Sie schulden mir eine Erklärung."

Die Schatten verdichteten sich, nahmen Form an. Das Surren wurde zu einem hohen Kreischen.

"Deal," sagte Stefan und griff nach ihrem Arm. "Aber jetzt sollten wir wirklich..."

Der Rest seiner Worte ging im Chaos unter, das folgte.

※

Das Kreischen der Elektronik erreichte einen ohrenbetäubenden Höhepunkt. Sophie nutzte den Moment der Ablenkung, riss sich von Stefans Griff los und machte einen Sprung zur Tür.

"Nicht so schnell." Seine Stimme klang bemerkenswert ruhig für das Chaos um sie herum. Mit zwei schnellen Schritten war er zwischen ihr und dem Ausgang.

"Sind Sie wahnsinnig?" zischte sie. "Sehen Sie nicht, was hier passiert?"

"Oh, ich sehe eine Menge." Er hob sein seltsames Monokel. "Zum Beispiel, dass Ihre Kamera gerade Daten aufzeichnet, die Sie in ernsthafte Schwierigkeiten bringen könnten."

Ein Bildschirm an der Wand explodierte in einem Funkenregen. Sophie duckte sich instinktiv.

"Schwierigkeiten?" Ihr Lachen klang hysterisch. "Die haben wir bereits, Herr Oberkommissar!"

Die digitalen Schatten verdichteten sich zu einer amorphen Masse in der Mitte des Raums. Das Thermometer an Sophies Handgelenk zeigte mittlerweile minus fünf Grad.

"Geben Sie mir die Kamera," sagte Stefan, seine Hand ausgestreckt. "Ich kann Sie beschützen, aber nur wenn Sie mir vertrauen."

"Vertrauen?" Sie presste die Kamera an sich. "Einem Polizisten, der ein viktorianisches Monokel trägt und so tut, als wäre ein sich manifestierender digitaler Poltergeist völlig normal?"

Ein weiterer Bildschirm zerbarst. Die Schattenmasse pulsierte, formte sich zu etwas, das entfernt humanoid aussah.

"Punkt für Sie," Stefan verzog die Mundwinkel zu einem schiefen Lächeln. "Aber im Moment bin ich Ihre beste Option."

Die Schattengestalt bewegte sich auf sie zu. Sophie konnte schwören, dass sie ein Gesicht in der wirbelnden Masse digitaler Artefakte sah - verzerrt, unmöglich, aber definitiv ein Gesicht.

"Okay," sie atmete tief durch. "Was ist Ihr Plan?"

Anstatt zu antworten, zog Stefan etwas aus seiner Manteltasche - es sah aus wie ein USB-Stick, aber graviert mit seltsamen Symbolen.

"Vertrauen Sie mir?" Er streckte ihr seine freie Hand entgegen.

Die Schattengestalt war nur noch Meter entfernt. Die Luft knisterte vor statischer Elektrizität.

"Nicht im Geringsten," sagte Sophie, ergriff aber seine Hand. Sie war warm, erstaunlich warm in der eisigen Luft.

Stefan grinste. "Kluge Antwort."

In einer fließenden Bewegung zog er sie an sich, hob das Monokel vors Auge und steckte den USB-Stick in den nächsten Port.

Was dann geschah, sprengte jede Vorstellung.

Die Symbole auf dem Stick begannen zu leuchten, pulsierten im gleichen Rhythmus wie die Schatten. Stefan murmelte etwas, das wie Latin klang - oder war es Binärcode?

Die Schattengestalt erstarrte, ihre Form flackerte wie ein gestörtes Fernsehbild.

Sophie spürte, wie sich Stefans Arm um ihre Taille verstärkte. "Nicht bewegen," flüsterte er in ihr Haar. "Was auch immer Sie sehen werden..."

Ein gleißender Lichtblitz durchzuckte den Raum. Die Schattengestalt implodierte mit einem Geräusch, das klang wie das Kratzen von Millionen Festplatten gleichzeitig.

Dann wurde es still. Totenstill.

Die normale Beleuchtung sprang wieder an. Die Temperatur normalisierte sich. Nur der Geruch von geschmolzenem Plastik und ozonisierter Luft erinnerte an das Geschehene.

Sophie wurde bewusst, dass sie sich immer noch an Stefan klammerte. Sie löste sich hastig von ihm.

"Das war..." Sie suchte nach Worten.

"Klassischer Dienstag," ergänzte er trocken.

Sie starrte ihn ungläubig an. "Wer sind Sie wirklich?"

"Die bessere Frage wäre: Was war das gerade?" Er deutete auf ihre Kamera. "Und was werden Sie jetzt damit machen?"

Bevor sie antworten konnte, vibrierte sein Handy. Er warf einen Blick darauf und seine Miene verdunkelte sich.

"Wie es aussieht," sagte er langsam, "werden wir diese Diskussion an einem sichereren Ort fortsetzen müssen."

"Ich gehe nirgendwo hin, bis ich Antworten bekomme!"

Ein Lächeln huschte über sein Gesicht. "Oh, Antworten bekommen Sie. Mehr als Ihnen lieb sein wird." Er hielt inne. "Vorausgesetzt, Sie sind bereit für die Wahrheit."

Sophie blickte auf ihre Kamera, dann auf die zerstörten Bildschirme, schließlich in Stefans unnachgiebige graue Augen.

"Lead the way, Oberkommissar Mystery."

Was sie nicht wusste: Dies war erst der Anfang einer Geschichte, die ihr Leben für immer verändern würde. Und irgendwo in den Tiefen des Internets wartete NightTales darauf, dass sie den nächsten Schritt machte.

"Sie fahren einen Audi RS6?" Sophie pfiff anerkennend, als sie auf dem Parkplatz ankamen. "Nicht schlecht für einen Beamtengehalt."

"Dienstwagen," erwiderte Stefan knapp, öffnete ihr die Beifahrertür. "Und nein, fragen Sie nicht nach dem Budget."

Der Innenraum des Wagens war mit seltsamen Symbolen verziert - dezent in das Leder geprägt, kaum sichtbar im Morgenlicht. Sophie strich mit den Fingern darüber.

"Runen?"

"Bitte nicht anfassen." Stefan startete den Motor. "Die Aktivierung ist... temperamentvoll."

Kaum hatte er das gesagt, leuchteten die Symbole kurz auf. Sophie zuckte zurück, als ein warmes Kribbeln durch ihre Fingerspitzen schoss.

"Autsch! Was zum..." Sie unterbrach sich, als sie im Rückspiegel etwas sah. Eine dunkle Masse bewegte sich über den Parkplatz, schneller als ein Schatten es sollte.

"Anschnallen," befahl Stefan und trat aufs Gas. Der RS6 schoss nach vorne, die Reifen quietschten auf dem Asphalt.

"Es folgt uns?" Sophie drehte sich um, ihre Kamera bereits in Position.

"Digitale Entitäten sind hartnäckig." Stefan navigierte den Wagen durch den Münchner Morgenverkehr wie ein Rallyefahrer. "Besonders wenn sie einen Geschmack von..." Er stockte.

"Von was?"

"Unwichtig." Er bog scharf ab, Richtung Innenstadt. Die Symbole im Wagen pulsierten stärker.

Sophie checkte ihre Kameraaufnahmen. "Die Schatten... sie werden größer. Und sie bewegen sich nicht wie normale Schatten. Es ist als ob..."

"Als ob sie durch die Überwachungskameras reisen?" Stefan grinste grimmig. "Willkommen in meiner Welt."

Eine schwarze Masse schoss aus einer Verkehrskamera direkt vor ihnen. Stefan riss das Lenkrad herum, der Wagen driftete um die Ecke.

"Okay, genug gespielt." Er griff in seine Manteltasche, zog einen weiteren USB-Stick hervor. "Halten Sie das."

Sophie nahm den Stick. Er vibrierte in ihrer Hand, warm und lebendig. Die eingravierten Symbole schienen sich zu bewegen.

"Was ist das für..."

"Nicht fragen, festhalten!" Stefan legte eine Hand auf das Armaturenbrett. Die Runen im Auto leuchteten nun hellblau. Er begann wieder in dieser seltsamen Sprache zu sprechen - Codes und alte Worte vermischten sich zu einem hypnotischen Rhythmus.

Die Symbole auf dem Stick in Sophies Hand begannen zu glühen. Eine Welle von Energie pulsierte durch den Wagen, ihre Haare stellten sich auf.

Im nächsten Moment explodierte die digitale Schattenmasse hinter ihnen in einem Feuerwerk aus Störsignalen und verblassendem Code.

"Das..." Sophie rang nach Luft. "Das war..."

"Eindrucksvoll? Beängstigend? Völlig wahnsinnig?" Stefan bog auf eine unscheinbare Seitenstraße ein.

"Alles davon." Sie studierte sein Profil. "Wo bringen Sie mich hin?"

"Zu Leuten, die Antworten haben." Er hielt vor einer verlassen aussehenden alten Brauerei. "Und die sehr interessiert daran sein werden, was Sie auf Ihrer Kamera haben."

"Moment." Sophie umklammerte ihre Ausrüstung. "Wer sagt, dass ich..."

Stefan seufzte. "Miss Kern, Sie haben gerade gesehen, wie ein digitaler Poltergeist uns durch München gejagt hat. Sie haben erlebt, wie alte Magie und moderne Technologie verschmelzen. Und ich wette, Sie brennen darauf zu erfahren, was zum Teufel hier los ist."

Sie schwieg einen Moment. "Und wenn ich nein sage?"

"Dann setze ich Sie hier ab, lösche Ihre Speicherkarte und wir tun so, als wäre das alles nie passiert." Er sah ihr direkt in die Augen. "Aber wir beide wissen, dass Sie das nicht wollen."

Sophie blickte zur Brauerei, dann auf ihre Kamera, schließlich zurück zu Stefan. Ein Lächeln spielte um ihre Mundwinkel.

"Na schön, Herr Oberkommissar Geheimnisvoll. Zeigen Sie mir Ihre Wonderland."

Stefan schnaubte amüsiert. "Eher Nightmare on Digital Street." Er stieg aus, öffnete ihre Tür. "Und Sophie? Ab jetzt gibt es kein Zurück mehr."

"Das klingt ja gar nicht bedrohlich," murmelte sie, folgte ihm aber zur unscheinbaren Stahltür der Brauerei.

Als sie eintraten, ahnte Sophie nicht, dass dieser Moment ihr Leben in zwei Teile teilen würde: Die Zeit davor, und alles, was folgen würde. Die Jagd nach der Wahrheit hatte gerade erst begonnen.

## Kapitel 2

Die alte Brauerei entpuppte sich als technologisches Wunderland. Sophie stand mit offenem Mund im Hauptkontrollraum - ein faszinierender Hybrid aus Steampunk-Ästhetik und hochmoderner Technologie.

"Beeindruckend, nicht wahr?" Klaus Weber drehte sich in seinem ergonomischen Gamingstuhl, ein verschmitztes Grinsen unter der zerstrubbelten Frisur. Sein "Keep Calm and Code On"-T-Shirt kontrastierte herrlich mit den viktorianischen Holzvertäfelungen. "Willkommen in der Matrix. Nur ohne die fiesen Maschinen. Nun ja, meistens."

"Klaus," ermahnte Stefan mit einem Augenrollen.

"Was? Sie ist doch jetzt hier. Classified und so." Klaus zuckte mit den Schultern und tippte etwas in seine Hologramm-Tastatur. "Apropos classified - deine Kamera ist echt cool. Custom-Mod mit übergreifenden Spektralanalysen?"

Sophie drückte ihre Ausrüstung instinktiv fester an sich. "Woher...?"

"Oh bitte." Klaus projizierte ihre Kameraaufnahmen auf einen der gewölbten Bildschirme. "Ich hatte deine Specs, bevor ihr die Treppe runter wart."

"Er macht das ständig," kam eine warme Frauenstimme von hinten. Dr. Hannah Schneider trat näher, ihre silbernen Haare zu einem chaotischen Knoten gebunden. Sie trug einen altmodischen Laborkittel, der mit seltsamen Messinstrumenten gespickt war. "Frag besser nicht, wie oft er meine Kaffeemaschine gehackt hat."

"Nur weil du deinen Kaffee falsch machst!" protestierte Klaus.

"Ignorier die beiden," sagte Stefan leise zu Sophie. "Das ist ihr übliches Morgenritual."

Eine junge Frau mit bunten Haarsträhnen und Gothic-Outfit huschte durch den Raum, nickte Sophie kurz zu. Mia Wagner, die neue Praktikantin, wie Stefan später erklären würde.

"Faszinierend," murmelte Dr. Schneider, die inzwischen Sophies Kameraaufnahmen studierte. "Die Energiesignatur des Phantoms... Klaus, siehst du das Muster?"

"Yep." Klaus' Finger flogen über die Tastatur. "Ähnelt dem Code von Fall 2947, aber es ist... eleganter? Als hätte es gelernt."

"Sie meinen, diese Dinger entwickeln sich weiter?" Sophie trat näher an die Bildschirme.

"Clever und schnell im Denken," ertönte eine autoritäre Stimme. Viktor Zimmermann betrat den Raum, seine Präsenz füllte sofort den ganzen Raum. "Kein Wunder, dass Stefan Sie mitgebracht hat."

Sophie bemerkte, wie sich Stefans Haltung minimal versteifte. Interessant.

"Herr Zimmermann," Stefan nickte. "Die Situation erforderte..."

"Natürlich tat sie das." Viktor lächelte, aber seine Augen blieben wachsam. "Miss Kern ist uns schon länger bekannt. Ihr Blog über urbane Legenden ist... aufschlussreich."

Sophie spürte, wie ihr das Blut aus dem Gesicht wich. Ihr Blog war unter Pseudonym. Streng anonym.

"Keine Sorge," Viktor winkte ab. "Wir schätzen investigativen Journalismus. Solange er die richtigen Grenzen respektiert."

Dr. Schneider hustete diskret. "Viktor, die Energiewerte steigen wieder."

"Ah, ja." Er wandte sich den Bildschirmen zu. "Klaus, aktivieren Sie das Backup-System. Dr. Schneider, wir brauchen eine vollständige Analyse. Mia..." Er hielt inne, als die junge Frau bereits mit einem Stapel Berichte erschien.

"Schon dabei, Chef," sagte sie mit einem schüchternen Lächeln.

Sophie beobachtete die eingespielte Teamarbeit mit wachsender Faszination. Stefan trat neben sie.

"Noch Zweifel an Ihrer Entscheidung?"

"Tausende," sie grinste. "Aber ich bleibe trotzdem."

"Das dachte ich mir." Er deutete auf einen freien Arbeitsplatz. "Willkommen in der Abteilung 15-K, Miss Kern. Spezialeinheit für... nennen wir es mal digitale Anomalien."

"Und was jetzt?"

Ein Alarm schrillte los. Auf den Bildschirmen erschienen neue Symbole.

"Jetzt?" Stefan zog sein Monokel hervor. "Jetzt zeigen wir Ihnen, wie wir arbeiten."

Klaus drehte sich in seinem Stuhl. "Leute, ihr wollt das sehen. NightTales hat gerade einen neuen Post veröffentlicht."

Die Spannung im Raum stieg spürbar. Sophie merkte, wie sich alle Augen auf den Hauptbildschirm richteten.

Die Jagd hatte gerade erst begonnen.

※

Der Besprechungsraum der Abteilung 15-K war ein faszinierender Mix aus modernem Hightech und altehrwürdiger Bibliothek. Holzvertäfelte Wände trafen auf holographische Displays, lederne Chesterfield-Sessel standen neben ergonomischen Bürostühlen.

"Vier Todesfälle in zwei Monaten," Viktor projizierte die Bilder an die Wand. "Alle Opfer waren erfolgreiche Influencer. Alle starben während eines Livestreams. Und alle..." Er machte eine bedeutungsvolle Pause, "hatten die NightTales-App installiert."

"Die Autopsieergebnisse sind identisch," Dr. Schneider blätterte durch ihre Notizen. "Herzstillstand durch extremen Stress. Als hätten sie buchstäblich zu Tode gefürchtet."

"Zu Tode gefürchtet?" Sophie lehnte sich vor. "Ist das überhaupt möglich?"

"In unserer Abteilung," Klaus grinste schief, "ist die Frage eher, was nicht möglich ist."

"Die App selbst scheint harmlos," Mia projizierte den Quellcode neben die Opferfotos. "Klassisches Social-Media-Design, Story-Sharing-Plattform..."

"Mit einem kleinen Unterschied," unterbrach Stefan. "Die Symbole. Sie tauchen überall auf - im Code, in den Posts, in den Todesvideos."

"Alte Runen," nickte Dr. Schneider. "Vermischt mit Binärcode. Eine faszinierende Hybridform..."

"Die Menschen tötet," warf Sophie ein.

"Präzise Beobachtung, Miss Kern." Viktor nickte anerkennend. "Deshalb werden Sie ab heute mit Stefan zusammenarbeiten."

"Was?" Stefan und Sophie sprachen gleichzeitig.

"Sie haben einen Blick für Details, Miss Kern. Und Ihre... unorthodoxen Recherchemethoden könnten nützlich sein." Viktor schmunzelte. "Außerdem haben Sie sich die Zusammenarbeit verdient, nachdem Sie es geschafft haben, in einen aktiven Fall einzubrechen."

Sophie errötete leicht, hielt aber seinem Blick stand. "Nennen wir es journalistischen Instinkt."

"Nennen wir es Einbruch und Behinderung von Ermittlungen," murmelte Stefan, aber seine Augen verrieten Amusement.

"Klaus," Viktor wandte sich an den Techniker. "Status der App-Analyse?"

"Kompliziert." Klaus projizierte neue Diagramme. "Der Code... verändert sich. Ständig. Als würde er lernen, sich anpassen."

"Wie ein Virus?" fragte Sophie.

"Wie eine Intelligenz," korrigierte Dr. Schneider leise.

Ein unbehagliches Schweigen füllte den Raum.

"Prioritäten," Viktor durchbrach die Stille. "Stefan, Sie und Miss Kern untersuchen die Verbindungen zwischen den Opfern. Dr. Schneider, konzentrieren Sie sich auf die Symbole. Klaus, knacken Sie den Code. Mia..." Er nickte der jungen Frau zu. "Überwachen Sie die Social-Media-Aktivitäten."

"Und was ist mit dem neuesten Post?" fragte Sophie.

"Eine Challenge," Klaus projizierte den Screenshot. "'Erzähle deine dunkelste Geschichte. Teile deine tiefste Angst.'"

"Perfekt für eine Social-Media-Generation," murmelte Stefan.

"Und tödlich effektiv," ergänzte Viktor. "Die App hat bereits über eine Million Downloads."

"Eine Million potenzielle Opfer," Sophie wurde blass.

"Deshalb müssen wir sie aufhalten." Viktor erhob sich. "Bevor die nächste Geschichte die letzte ist."

Das Meeting löste sich auf. Als Sophie aufstand, hielt Stefan sie zurück.

"Bereit für Ihre erste offizielle Ermittlung?"

Sie grinste. "Geboren bereit. Aber eine Frage noch..."

"Nur eine?"

"Vorerst." Sie deutete auf sein Monokel. "Was hat es damit wirklich auf sich?"

Er lächelte geheimnisvoll. "Das, Miss Kern, müssen Sie sich erst verdienen."

In diesem Moment heulte der Alarm los. Klaus' Stimme hallte durch die Lautsprecher:

"Leute! Wir haben einen aktiven Stream. Es passiert wieder!"

Stefan und Sophie tauschten einen Blick. Die Zeit für Einführungen war vorbei.

Die Jagd begann.

"Das ist definitiv kein Standard-JavaScript," murmelte Klaus, während seine Finger über die holographische Tastatur tanzten. Linien von Code scrollten über die gewölbten Bildschirme wie ein digitaler Wasserfall.

Sophie lehnte sich über seine Schulter, ihre Augen versuchten dem rasenden Tempo der Codezeilen zu folgen. "Was ist das für eine Sprache?"

"Das ist es ja." Klaus nahm einen Schluck aus seiner "I Debug Like a Boss"-Tasse. "Es ist keine. Zumindest keine, die ich kenne. Und ich kenne sie alle."

"Bescheiden wie immer," kommentierte Stefan trocken von seinem Platz am Analysetisch.

"Hey, wenn man der Beste ist..." Klaus grinste, wurde aber sofort wieder ernst. "Aber das hier... seht ihr diese Muster?"

Er isolierte einen Codeblock. Die Zeichen schienen sich zu bewegen, zu pulsieren, als wären sie lebendig.

"Es erinnert mich an etwas," Sophie zog ihr Notizbuch hervor. "Die zweite Influencerin, Lisa Meyer. In ihrem letzten Stream, kurz bevor... sie hatte diese seltsamen Artefakte im Bild."

"Artefakte?" Stefan trat näher.

"Ja, wie Bildstörungen. Aber geometrisch, fast wie..." Sie skizzierte schnell einige Formen. "So ähnlich."

Klaus pfiff leise durch die Zähne. "Das ist exakt das gleiche Muster wie im Base-Code der App."

"Und es taucht überall auf," Sophie blätterte durch ihre Notizen. "In den Streams, in den Profilbildern der Opfer, sogar in ihren letzten Posts. Es ist wie eine Art... Signatur."

"Eine Signatur?" Klaus' Finger flogen über die Tastatur. "Das würde erklären, warum der Code sich so seltsam verhält. Es ist, als würde er... wachsen."

"Wachsen?" Stefan runzelte die Stirn. "Wie ein Organismus?"

"Eher wie ein Gedanke," murmelte Sophie. "Jedes Opfer postete etwas Persönliches. Eine Angst, eine dunkle Erinnerung. Und jedes Mal wurde der Code komplexer."

Klaus projizierte eine Zeitleiste. "Schaut her. Die Codecomplexität steigt exponentiell mit jedem Todesfall."

"Als würde es lernen," Stefan trat näher an die Displays. "Sich nähren von..."

"Geschichten," vollendete Sophie. "Dunkle Geschichten. Ängste. Geheimnisse."

Ein plötzliches Flackern auf den Bildschirmen ließ sie alle zusammenzucken. Für einen Moment schienen die Codezeilen ein Muster zu bilden - fast wie ein Gesicht.

"Okay, das war gruselig," Klaus tippte hektisch. "Die Firewall zeigt Anomalien."

"Es weiß, dass wir hier sind," Sophie starrte auf die Bildschirme. "Es... beobachtet uns."

"Nicht nur das," Klaus' Stimme wurde ernst. "Es versucht einzudringen. In unsere Systeme."

Stefan zog sein Monokel hervor. "Klaus, Notfallprotokoll Alpha."

"Schon dabei." Seine Finger flogen über die Tastatur. "Aber das Muster... es ist anders als alles, was ich je gesehen habe."

Sophie beobachtete fasziniert, wie sich der Code veränderte, sich anpasste, neue Formen annahm. "Es ist wie ein Tanz," flüsterte sie. "Ein Tanz zwischen Ancient und Digital..."

Plötzlich stoppte alles. Die Bildschirme froren ein. In der Mitte erschien eine einzelne Nachricht:

*"Jede Geschichte hat ihren Preis. Seid ihr bereit zu zahlen?"*

"Oh, das ist gar nicht gut," murmelte Klaus.

"Unterstatement des Jahrhunderts," Stefan griff nach seinem Telefon. "Viktor muss das sehen."

Sophie starrte immer noch auf die Nachricht. "Was ist der Preis?"

Als hätte die App sie gehört, erschien eine neue Zeile:

*"Deine dunkelste Geschichte, Sophia Kern. Erzähl sie uns."*
Die Temperatur im Raum schien zu fallen. Und irgendwo, tief in den Systemen der Abteilung 15-K, begann etwas zu erwachen.

---

"Also, das ist Ihre Ermittlungsmethode? Einfach zur Tür rein spazieren?" Stefan beobachtete amüsiert, wie Sophie ihre Haare zurechtrückte und ihr professionellstes Lächeln aufsetzte.

"Vertrauen Sie mir," zwinkerte sie. "Manchmal ist der direkte Weg der beste."

Sie standen vor der Wohnungstür von Julia Weber, einer engen Freundin des ersten Opfers. Die junge Make-up-Artistin war die letzte Person, die mit CyberMax vor seinem Tod gechattet hatte.

Sophie klingelte. Schritte näherten sich der Tür.

"Seien Sie einfach..." begann Stefan.

"Still und lassen Sie mich reden?" Sophie grinste. "Entspannen Sie sich, Herr Oberkommissar. Ich mache das nicht zum ersten Mal."

Die Tür öffnete sich. Julia Weber sah aus wie das perfekte Instagram-Model - bis auf die dunklen Ringe unter ihren Augen.

"Julia? Sophia Kern vom 'Digital Life' Magazin." Sophie strahlte. "Wir recherchieren über die neue App NightTales und Max hat Sie als absolute Social-Media-Expertin empfohlen."

Stefans Augenbraue hob sich anerkennend. Clever.

"Oh," Julia zögerte. "Ich weiß nicht..."

"Nur ein kurzes Gespräch," Sophie lehnte sich vertraulich vor. "Unter uns Influencerinnen?"

Fünf Minuten später saßen sie in Julias stylischem Wohnzimmer. Stefan hielt sich dezent im Hintergrund, während Sophie das Gespräch führte.

"Die App ist anders," Julia spielte nervös mit ihrem Handy. "Es fühlt sich... persönlicher an."

"Inwiefern?" Sophie beugte sich vor, ihre grünen Augen intensiv auf Julia gerichtet.

"Als würde sie... einen verstehen. Tief verstehen." Julia schluckte. "Die Geschichten, die man teilt... sie werden lebendig."

Stefan bemerkte, wie Sophies Hand kurz zuckte - eine minimale Bewegung, die andere übersehen hätten.

"Lebendig?" fragte sie sanft.

"Ja, wie..." Julia stockte, ihr Blick wurde glasig. "Wie Erinnerungen, die man vergessen wollte."

Stefan trat näher, sein Beschützerinstinkt aktiviert. Sophie warf ihm einen warnenden Blick zu - *Bleiben Sie zurück.*

"Was für Erinnerungen, Julia?"

"Ich..." Julia schüttelte den Kopf. "Max hat auch Geschichten geteilt. Dunkle Geschichten. Er sagte, die App würde sie... hungrig machen."

"Hungrig?" Sophie lehnte sich zurück, ihre Schulter streifte dabei Stefans Hand.

Der kurze Kontakt sendete einen elektrischen Impuls durch seinen Arm. Er ignorierte es professionell.

"Ja," flüsterte Julia. "Nach mehr. Immer mehr Geschichten. Immer dunklere..."

Ihr Handy vibrierte. Das Display leuchtete mit dem charakteristischen NightTales-Logo.

Stefan und Sophie tauschten einen Blick. *Zeit zu gehen.*

"Danke für das Gespräch," Sophie stand auf, perfekt timing. "Sie haben uns sehr geholfen."

Draußen, im Treppenhaus, ließ Sophie ihre professionelle Fassade fallen. "Das war..."

"Beeindruckend," vollendete Stefan. "Ihre Technik ist..."

"Unorthodox?"

"Effektiv." Er lächelte kurz. "Auch wenn Ihre Methoden etwas... kreativ sind."

"Sagt der Mann mit dem viktorianischen Monokel," konterte sie.

Ihre Blicke trafen sich, ein Moment von... etwas hing in der Luft.

Stefans Telefon durchbrach die Spannung. Eine Nachricht von Klaus: *"Ihr solltet das sehen. SOFORT."*

"Tja," Sophie seufzte theatralisch. "Die Pflicht ruft."

"Willkommen im Team," Stefan hielt ihr die Autotür auf.

"War das ein Kompliment, Herr Oberkommissar?"

"Interpretieren Sie es, wie Sie wollen, Miss Kern."

Als sie einstiegen, bemerkten beide nicht das schwache Leuchten von Julias Fenster - oder die Schatten, die sich dahinter bewegten.

Die Jagd nach der Wahrheit führte sie immer tiefer in ein Netz aus Geheimnissen. Und irgendwo in diesem Netz wartete NightTales darauf, ihre nächste Geschichte zu erzählen.

# Kapitel 3

"Willkommen in meinem Reich des organisierten Chaos," Klaus machte eine ausladende Geste zu den Bildschirmwänden seines privaten Büros. Überall blinkten Monitore, Kabel schlängelten sich wie digitale Lianen durch den Raum, und in der Ecke summte eine Kaffeemaschine, die aussah, als hätte sie ein verrückter Steampunk-Wissenschaftler gebaut.

"Beeindruckend," Sophie ließ ihren Blick über die Displays wandern. "Ist das ein Quantenrechner?"

"Nein, das ist Karl," Klaus tätschelte liebevoll einen altmodischen Röhrenmonitor. "Er ist altmodisch, aber treu. Und manchmal..." Er senkte verschwörerisch die Stimme, "sieht er Dinge, die moderne Computer übersehen."

"Karl?" Sophie hob eine Augenbraue.

"Nicht urteilen. Du hast deine Kamera auch einen Namen gegeben, oder?"

Sophie errötete leicht. "Woher weißt du...?"

"Bitte," Klaus rollte mit seinem Stuhl zu einem anderen Monitor. "Luna ist ein schöner Name für eine Kamera. Passt zu dir."

"Okay, das ist ein bisschen unheimlich."

"Willkommen bei 15-K," grinste er und projizierte eine komplexe Datenmatrix in die Luft. "Aber jetzt wird's interessant. Schau dir das an."

Die holographischen Displays zeigten die Social-Media-Aktivitäten aller Opfer in den letzten Wochen vor ihrem Tod.

"Siehst du das Muster?" Klaus markierte bestimmte Posts. "Ihre Beiträge wurden..."

"Dunkler," Sophie beugte sich vor. "Persönlicher. Als ob..."

"Als ob etwas ihre tiefsten Ängste an die Oberfläche brachte," nickte Klaus. "Aber das ist nicht alles."

Er tippte einige Befehle ein. Die Daten reorganisierten sich, bildeten eine neue Struktur.

"Oh," Sophie starrte auf das entstehende Muster. "Das ist..."

"Ein Algorithmus," Klaus' Finger tanzten über die Tastatur. "Aber keiner, den ich je gesehen habe. Es ist, als würde er... komponieren."

"Komponieren?"

"Ja, wie eine Symphonie aus Angst." Er projizierte weitere Daten. "Jeder Post, jede Story, jede Interaktion - alles folgt einem bestimmten Rhythmus."

Die Bildschirme flimmerten kurz. Karl, der alte Röhrenmonitor, gab ein seltsames Surren von sich.

"Das ist nicht zufällig," murmelte Sophie, während sie Notizen machte. "Die App manipuliert sie. Bringt sie dazu, bestimmte Dinge zu bestimmten Zeiten zu teilen."

"Wie ein digitaler Dirigent," Klaus nickte. "Aber wer komponiert die Symphonie?"

Plötzlich flackerten alle Monitore gleichzeitig. Auf Karls Bildschirm erschienen seltsame Schatten.

"Das ist neu," Klaus' Stimme wurde ernst. Er tippte hastig einige Befehle ein.

"Was ist los?"

"Die Daten... sie reagieren auf unsere Analyse." Er starrte auf die Bildschirme. "Als ob etwas... zurückschaut."

Ein leises Ping ertönte. Auf dem Hauptbildschirm erschien eine neue Nachricht:

*"Jede Symphonie braucht neue Stimmen. Willst du mitsingen, Sophia?"*

"Okay, das ist definitiv unheimlich," Sophie wich einen Schritt zurück.

"Warte," Klaus' Finger flogen über die Tastatur. "Da ist noch mehr. Die Muster, sie bilden eine Art... Partitur."

"Eine Partitur wofür?"

Bevor Klaus antworten konnte, begannen alle Geräte im Raum synchron zu summen. Ein tiefer, pulsierender Ton, der direkt durch Mark und Bein ging.

"Klaus?"

"Schon dabei," er aktivierte hastig verschiedene Sicherheitsprotokolle. "Aber das ist... faszinierend. Es ist, als würde der Code selbst singen."

Die Symphonie wurde lauter, komplexer. Und irgendwo in den Tiefen des digitalen Labyrinths begann etwas zu erwachen - etwas, das auf ihre Musik wartete.

"Ich glaube," flüsterte Sophie, während sie die sich bewegenden Datenmuster beobachtete, "wir haben gerade den ersten Takt gehört."

Klaus nickte ernst. "Und das war erst das Vorspiel."

～～～

"Also, wenn Sie mich fragen," Dr. Schneider justierte ihr kompliziert aussehendes Messgerät, "ist das hier definitiv kein gewöhnlicher Tatort."

"Fragen Sie mich das je?" Stefan beobachtete, wie die Wissenschaftlerin mit faszinierter Miene ihre Instrumente über den Boden des verlassenen Streaming-Studios schwenkte.

"Oh, seien Sie nicht so grummelig," sie lächelte, ohne aufzublicken. "Nur weil Viktor Sie von Ihrer neuen Partnerin weggeschickt hat..."

"Miss Kern ist nicht meine Partnerin," korrigierte Stefan automatisch. "Sie ist eine... temporäre Beraterin."

"Natürlich." Dr. Schneider schmunzelte wissend. "Deshalb starren Sie auch ständig auf Ihr Handy, ob sie neue Erkenntnisse mit Klaus gefunden hat."

Stefan steckte demonstrativ sein Smartphone weg. "Können wir uns auf die Arbeit konzentrieren?"

"Oh!" Dr. Schneider richtete sich plötzlich auf. Ihr Messgerät piepte aufgeregt. "Das ist interessant."

Stefan trat näher, sein Monokel bereits in der Hand. "Was haben Sie gefunden?"

"Sehen Sie diese Muster?" Sie projizierte eine holographische Darstellung der Energiesignaturen in die Luft. "Sie sind identisch mit denen vom letzten Tatort. Und dem davor."

Durch sein Monokel konnte Stefan die Spuren deutlich erkennen - schimmernde Linien aus Energie, die sich wie digitale Spinnweben durch den Raum zogen.

"Es ist, als hätte etwas..." Dr. Schneider suchte nach Worten, "sich in die Realität eingebrannt."

"Wie ein Fingerabdruck?"

"Eher wie eine Signatur." Sie justierte ihre Instrumente. "Eine sehr alte Signatur, die sich moderner Technologie bedient."

Stefan beobachtete, wie sich die Energielinien im Licht seines Monokels bewegten. "Diese Muster... sie erinnern mich an etwas."

"Mich auch," murmelte Dr. Schneider. "Viktor würde..." Sie stockte, ein leichter Rotschimmer stieg in ihre Wangen. "Ich meine, die Abteilungsarchive könnten..."

Ein plötzliches Surren unterbrach sie. Alle elektronischen Geräte im Raum sprangen gleichzeitig an.

"Das ist nicht gut," Stefan trat instinktiv einen Schritt näher an Dr. Schneider heran.

"Die Energiewerte steigen exponentiell," sie starrte auf ihre Anzeigen. "Es ist, als würde etwas..."

"Aufwachen," vollendete Stefan. Durch sein Monokel konnte er sehen, wie sich die Energielinien verdichteten, Formen bildeten.

"Stefan," Dr. Schneiders Stimme wurde ernst. "Diese Signatur... sie ist aktiv. Sie reagiert auf unsere Anwesenheit."

Die Luft knisterte vor Energie. Auf den Bildschirmen der verlassenen Streaming-Ausrüstung begannen Symbole zu tanzen.

"Raus hier," Stefan packte ihre Ausrüstung. "Sofort."

Sie erreichten gerade die Tür, als hinter ihnen alle Geräte in einem gleißenden Lichtblitz explodierten.

Draußen, in der relativen Sicherheit von Stefans Dienstwagen, starrten sie auf das Gebäude.

"Das war..." Dr. Schneider checkte ihre Daten, "bemerkenswert aggressiv."

"Es beschützt etwas," murmelte Stefan. "Oder jemanden."

"Wir sollten Viktor informieren." Sie zögerte. "Er sollte das persönlich sehen."

Stefan bemerkte ihr leichtes Erröten, sagte aber nichts. Stattdessen zog er sein Handy hervor.

"Ich informiere erst Sophie." Bei Dr. Schneiders wissendem Blick fügte er schnell hinzu: "Und Klaus. Das Team sollte das wissen."

"Natürlich," sie lächelte wissend. "Das Team."

Als sie losfuhren, bemerkten beide nicht die digitalen Schatten, die ihnen aus den Fenstern des Gebäudes nachsahen. Die Jagd wurde persönlicher - und gefährlicher.

⁂

"Das kann nicht..." Klaus' Finger flogen über die Tastatur. "Das ist unmöglich!"

Sophie war gerade dabei, ihre neuesten Notizen zu sortieren, als sie den Panic in seiner Stimme hörte. "Was ist los?"

"Der Code... er überschreibt meine Firewalls. Alle davon. Gleichzeitig." Seine Bildschirme flackerten wild. "Das ist mathematisch unmöglich!"

Die Temperatur im Raum fiel plötzlich drastisch. Sophies Atem bildete kleine Wolken in der Luft.

"Klaus," sie trat näher. "Weg vom Computer. Jetzt."

"Nicht ohne meine Daten!" Er tippte wie besessen. "Ich hab fast..."

Der alte Röhrenmonitor Karl explodierte in einem Funkenregen. Klaus sprang zurück, aber es war zu spät. Digitale Schatten krochen aus allen Bildschirmen, verdichteten sich zu einer wirbelnden Masse.

"Das ist..." Klaus starrte fasziniert auf das Phänomen. "Wissenschaftlich absolut fantastisch!"

"Und tödlich!" Sophie zerrte an seinem Arm. "Beweg dich!"

Die Schattengestalt nahm Form an - ein Gesicht aus purem Code, verzerrt und unmenschlich. Es öffnete seinen Mund und ein schreckliches Kreischen erfüllte den Raum.

Klaus erstarrte, sein Gesicht leichenblass. "Es... es spricht zu mir..."

Sophie sah, wie sich die digitalen Tentakel nach ihm ausstreckten. Ohne nachzudenken, griff sie nach ihrer Kamera.

"Hey, du digitaler Drecksack!" Sie riss die Speicherkarte heraus. "Du willst Geschichten? Hier ist eine!"

Die Schattengestalt wandte sich ihr zu. Sophie hielt die Karte hoch, ihre Hand zitterte leicht.

"Komm und hol sie dir!"

Das Wesen schoss auf sie zu. Im letzten Moment warf Sophie die Karte in den laufenden Drucker neben sich.

"Klaus! Druck alles! JETZT!"

Er reagierte instinktiv, hämmerte den Befehl in seine Tastatur. Der Drucker heulte auf, spuckte Seite um Seite aus.

Die Schattengestalt kreischte, als ihre Daten in physische Form gezwungen wurden. Sie versuchte, sich zu manifestieren, aber mit jedem gedruckten Blatt wurde sie schwächer.

"Es funktioniert!" Klaus starrte ungläubig auf das Schauspiel.

"Natürlich tut es das," keuchte Sophie. "Geister hassen es, wenn man sie greifbar macht."

Die letzten Schatten zerflossen, hinterließen nur einen Haufen bedrucktes Papier und den Geruch von Ozon.

Klaus sackte in seinen Stuhl. "Das war... wie hast du...?"

"Journalistische Intuition?" Sie versuchte zu lächeln, aber ihre Hände zitterten immer noch.

Er hob eines der bedruckten Blätter auf. Zwischen den Codezeilen waren seltsame Symbole eingewoben.

"Sophie," seine Stimme wurde ernst. "Das ist genial. Wir haben jetzt eine physische Kopie seiner Struktur!"

"Seiner?"

"Des Phantoms. Des Codes. Was auch immer das war." Er begann die Seiten zu sortieren. "Mit diesen Daten können wir..."

Ein leises Ping unterbrach ihn. Auf dem einzigen noch funktionierenden Bildschirm erschien eine Nachricht:

*"Clever, Sophia. Sehr clever. Aber jede Geschichte will erzählt werden. Auch deine."*

Sie starrten auf die Worte, bis Sophie schließlich die Stille brach.

"Klaus?"

"Ja?"

"Ruf Stefan an. Sofort."

Die Nachricht verblasste, aber das ungute Gefühl blieb. Irgendwo in den Tiefen des Netzes bereitete sich etwas auf den nächsten Akt vor.

※

Die Nachtluft Münchens drang durch die hohen Fenster des alten Brauerei-Büros, während Stefan und Sophie über den ausgedruckten Dokumenten brüteten. Die Uhr zeigte weit nach Mitternacht.

"Also," Sophie rieb sich die müden Augen, "wir haben einen mörderischen Algorithmus, der sich von Ängsten ernährt, uralte Symbole im Computercode, und eine App, die populärer ist als das letzte Katzenvideo-Meme."

"Wenn Sie es so zusammenfassen, klingt es fast absurd." Stefan lehnte sich in seinem Stuhl zurück, sein Monokel zwischen den Fingern drehend.

"Absurder als ein Polizist mit einem magischen Monokel?"

"Touché." Ein seltenes Lächeln huschte über sein Gesicht.

Sophie stand auf, streckte sich und ging zum Fenster. Das nächtliche München breitete sich unter ihnen aus, ein Meer aus Lichtern und Schatten.

"Manchmal," sie sprach leise, mehr zu sich selbst, "frage ich mich, ob die Wahrheit es wert ist."

Stefan beobachtete ihr Spiegelbild im Fenster. "Die Wahrheit oder die Geschichte?"

Sie drehte sich zu ihm um, überrascht von der Schärfe seiner Beobachtung. "Beides? Keins? Ich..." Sie stockte. "Es sollte einfach sein, oder? Gut gegen Böse, Wahrheit gegen Lüge."

"Nichts ist je so einfach," er stand auf, trat neben sie. "Besonders nicht in unserem Job."

"Unserem Job?" Sie hob eine Augenbraue. "Bin ich jetzt offiziell Teil des Teams?"

"Sie haben heute Klaus das Leben gerettet," seine Stimme wurde sanfter. "Das macht Sie definitiv zu einem Teil von... allem hier."

Die Spannung zwischen ihnen wurde fast greifbar. Sophie wurde sich plötzlich ihrer Nähe zu ihm bewusst, des schwachen Dufts seines Aftershaves.

"Stefan," sie wandte sich ihm zu. "Was sehen Sie wirklich durch dieses Monokel?"

Er studierte ihr Gesicht im Halbdunkel. "Die Wahrheit hinter den Schatten. Manchmal mehr, als ich möchte."

"Und jetzt? Was sehen Sie jetzt?"
Ihre Blicke trafen sich. Für einen Moment schien die Zeit stillzustehen.
"Jemanden," seine Stimme war kaum mehr als ein Flüstern, "der genauso auf der Suche ist wie ich."
Sophie spürte, wie ihr Herz schneller schlug. Die professionelle Distanz, die sie so sorgfältig aufrechterhalten hatte, begann zu bröckeln.
Ein plötzliches Ping von ihrem Laptop durchbrach den Moment. Neue Aktivität auf NightTales.
Stefan räusperte sich, trat einen Schritt zurück. "Wir sollten..."
"Ja," Sophie wandte sich hastig dem Computer zu. "Die Arbeit ruft."
Aber als sie sich über den Bildschirm beugten, ihre Schultern sich leicht berührend, war die Spannung immer noch da. Unausgesprochen, aber unübersehbar.

Die Nacht war noch lang, und zwischen den digitalen Schatten und alten Geheimnissen begann etwas Neues zu wachsen - etwas, das weder Stefan noch Sophie vorhergesehen hatten.

Das Ping des Laptops erklang erneut, dringlicher diesmal. Die Jagd ging weiter, aber die Jäger hatten sich verändert. Und irgendwo in der Dunkelheit wartete NightTales darauf, ihre nächste Geschichte zu enthüllen.

# Kapitel 4

Das Hauptquartier von NightTales hätte nicht klischeehafter sein können - ein ultramoderner Glasturm im Herzen Münchens, der wie eine schwarze Klinge in den Morgenhimmel stach.

Sophie überprüfte ihr Outfit im spiegelnden Glas der Eingangstür: schwarzer Blazer, dezenter Rock, Tablet unter dem Arm. Die perfekte Tech-Journalistin.

"Sophia Kern, Digital Future Magazine," sie lächelte der Rezeptionistin zu. "Ich habe einen Termin mit Herrn Schwarz."

Die Empfangsdame tippte etwas in ihren Computer. Für einen Moment flackerte der Bildschirm seltsam. "Ah ja, 10 Uhr. Bitte nehmen Sie den Expressaufzug. 42. Stock."

Der Aufzug war ein Kunstwerk aus Chrom und Glas. Als sich die Türen schlossen, spiegelte sich Sophies Gesicht hundertfach in den Wänden. Für einen Moment glaubte sie, andere Gesichter in den Reflexionen zu sehen, aber dann...

"Miss Kern!" Die samtige Stimme ließ sie herumfahren. Heinrich Schwarz stand im Türrahmen seines Büros, ein Lächeln auf dem markanten Gesicht. "Willkommen bei NightTales."

Er war... beeindruckend. Groß, distinguiert, mit silbergrauen Schläfen und einem maßgeschneiderten Anzug, der wahrscheinlich mehr kostete als Sophies Jahresmiete.

"Danke für Ihre Zeit, Herr Schwarz."

"Heinrich, bitte." Er führte sie in sein Büro - ein gewaltiger Raum mit Panoramafenstern und seltsamen Kunstwerken an den Wänden. "Ich liebe es, mit Journalisten zu sprechen, die verstehen, was wir hier erschaffen."

"Und was genau erschaffen Sie?" Sophie aktivierte ihr Tablet, das in Wahrheit ihre speziell modifizierte Ausrüstung verbarg.

"Verbindungen," er lächelte mysteriös. "Echte, tiefe Verbindungen in einer oberflächlichen Welt. NightTales ist mehr als eine App - es ist ein Fenster zur Seele."

"Interessante Wortwahl," Sophie machte sich Notizen. "Ihre Nutzerzahlen sind beeindruckend."

"Menschen sehnen sich nach Authentizität," Schwarz trat ans Fenster. "Sie wollen ihre wahren Geschichten erzählen. Ihre Ängste teilen. Ihre dunkelsten Geheimnisse..."

Ein kalter Schauer lief über Sophies Rücken. Seine Stimme hatte etwas Hypnotisches.

"Und diese Geschichten," sie zwang sich zur Professionalität, "werden sie nicht manchmal zu... persönlich?"

Schwarz drehte sich zu ihr um, sein Blick intensiv. "Gibt es so etwas wie zu persönlich, Miss Kern? Oder sollte ich sagen... Sophia?"

Die Art, wie er ihren Namen aussprach, ließ alle Alarmglocken läuten.

"Jeder hat eine Geschichte," fuhr er fort, trat näher. "Auch Sie. Ich kann sie spüren - dunkel, schmerzhaft, vergraben..."

"Ich interessiere mich mehr für die Geschichte von NightTales," unterbrach sie höflich aber bestimmt.

Ein amüsiertes Funkeln trat in seine Augen. "Natürlich." Er ging zu seinem Schreibtisch, holte ein Smartphone hervor. "Lassen Sie mich Ihnen eine exklusive Vorschau auf unser neuestes Update geben."

Das Phone in seiner Hand leuchtete mit einem unnatürlichen Glanz. Sophie spürte, wie sich ihre Nackenhaare aufstellten.

"Es ist revolutionär," Schwarz' Stimme wurde weicher, einladender. "Möchten Sie es nicht selbst ausprobieren? Ihre Geschichte erzählen?"

"Vielleicht ein andermal." Sophie erhob sich, ihr journalistisches Lächeln fest auf den Lippen. "Ich habe genug für meinen ersten Artikel."

"Wie Sie wünschen." Er geleitete sie zur Tür. "Aber denken Sie daran, Sophia - manche Geschichten wollen einfach erzählt werden. Es ist nur eine Frage der Zeit."

Im Aufzug nach unten atmete Sophie tief durch. Ihr Tablet piepte leise - es hatte Unmengen von Daten aufgezeichnet.

Draußen griff sie nach ihrem Handy, wählte Stefans Nummer. Seine Stimme am anderen Ende klang angespannt: "Und?"

"Wir haben ein Problem," flüsterte sie, während sie sich von dem Glasturm entfernte. "Ein großes."

Was sie nicht sah: Heinrich Schwarz stand am Fenster seines Büros, beobachtete ihren Abgang mit einem zufriedenen Lächeln. Auf seinem Schreibtisch leuchtete ein Display:

*Subjekt identifiziert: Sophia Kern Status: Potenziell Verbindungen: Abteilung 15-K Initiation: Eingeleitet*

Die Jagd hatte begonnen. Aber wer war der Jäger, und wer die Beute?

※

"Das ist definitiv keine Überwachung," murmelte Stefan zu sich selbst, während er durch sein Monokel das NightTales-Gebäude beobachtete. "Nur... professionelles Interesse an der Sicherheit einer temporären Beraterin."

Er saß in seinem getarnten Dienstwagen gegenüber dem Glasturm, umgeben von Überwachungsausrüstung. Auf einem der Bildschirme verfolgte er Sophies Signale - Puls, Körpertemperatur, Position. Alles normal. Bisher.

"Sie hätte einen Sender tragen sollen," er trommelte nervös auf das Lenkrad. "Oder wenigstens eine bessere Tarnung. Wer glaubt schon an Tech-Journalisten mit feuerrotem Haar und..."

Er hielt inne, als ihm bewusst wurde, dass er über ihre Haarfarbe nachdachte.

"Konzentration, Brandt," ermahnte er sich selbst und richtete sein Monokel auf den Eingangsbereich.

Durch das antike Glas sah die Lobby... anders aus. Die Mitarbeiter bewegten sich zu synchron, zu präzise. Ihre Bewegungen erinnerten an eine perfekt choreographierte Tanzaufführung.

"Seltsam," er machte sich Notizen. Die Rezeptionistin hatte seit genau 47 Minuten ihre Position nicht verändert. Nicht einen Millimeter.

Sein Telefon vibrierte. Klaus.

"Bitte sag mir, dass du was Interessantes gefunden hast," Stefan nahm den Anruf an.

"Oh, das habe ich," Klaus klang aufgeregt. "Die Mitarbeiter von NightTales? Ich habe ihre Hintergründe überprüft. Rate mal, was ich gefunden habe?"

"Nichts?"

"Bingo! Absolut nichts. Keine Social Media, keine Steuerunterlagen, keine..."

Ein Bewegung im 42. Stock unterbrach Stefans Aufmerksamkeit. Schwarz stand am Fenster, Sophia ihm gegenüber. Etwas an seiner Haltung...

"Verdammt," Stefan griff nach seiner Waffe. Durch das Monokel konnte er sehen, wie sich Schatten um Schwarz' Gestalt sammelten.

"...und dann habe ich in den Archiven... Stefan? Hörst du überhaupt zu?"

"Später, Klaus." Er beobachtete, wie Sophie aufstand. Ihre Körpersprache war angespannt. "Ich muss..."

Die Mitarbeiter in der Lobby erstarrten gleichzeitig. Alle. Wie Statuen.

"Das ist nicht gut," murmelte Stefan und stieg aus dem Wagen.

Er überquerte die Straße, das Monokel fest vors Auge gepresst. Die Schatten im Gebäude wurden dichter, bewegten sich wie ein Schwarm. Die Aufzugtüren öffneten sich. Sophie trat heraus, äußerlich ruhig, aber Stefan kannte diesen Blick. Sie hatte etwas entdeckt.

Die "Mitarbeiter" drehten ihre Köpfe synchron in ihre Richtung. Niemand blinzelte.

Stefan positionierte sich näher am Eingang, eine Hand am Waffenholster. Die andere umklammerte einen USB-Stick mit Schutzrunen.

Sophie durchquerte die Lobby. Ihre Schritte hallten unnatürlich laut in der Stille.

Drei Meter bis zum Ausgang. Zwei Meter. Ein Meter...

Sie trat ins Freie, atmete tief durch. Dann sah sie ihn.

"Ernsthaft?" Ihre Augenbraue schoss nach oben. "Stalking gehört nicht zu Ihren Aufgaben, Herr Oberkommissar."

"Überwachung eines potenziellen Hochrisiko-Szenarios," korrigierte er, während er sie unauffällig vom Gebäude wegführte.

"Natürlich," sie grinste. "Und das hat absolut nichts damit zu tun, dass Sie sich Sorgen gemacht haben?"

"Rein professionelles Interesse."

"Mmhmm." Sie warf einen Blick zurück zum Turm. "Apropos professionell - haben Sie die Mitarbeiter bemerkt?"

"Zu perfekt?"

"Wie Roboter in Designer-Kleidung."

Sie erreichten den Wagen. Stefan öffnete ihr die Tür, sein Blick noch immer wachsam.

"Sie wissen, dass ich auf mich selbst aufpassen kann?" fragte sie, während sie einstieg.

"Natürlich," er startete den Motor. "Aber manchmal ist es gut, Backup zu haben."

Ihr Lächeln wurde weicher. "Danke."

Stefan konzentrierte sich auf den Verkehr, ignorierte das warme Gefühl in seiner Brust.

Im Rückspiegel sah er, wie die "Mitarbeiter" wieder ihre Positionen einnahmen, perfekt synchron, wie Figuren in einem unheimlichen Ballett.

Die Geschichte wurde immer seltsamer. Und gefährlicher.

---

"Eine Toilettenpause," murmelte Sophie zu sich selbst, während sie den verlassenen Korridor entlang schlich. "Die älteste Ausrede der Welt."

Sie hatte Schwarz' Assistentin mit einer erfundenen Geschichte über zu viel Morgenkaffee abgewimmelt. Nun bewegte sie sich leise durch das 41. Stockwerk, ihr modifiziertes Tablet wie ein Geigerzähler vor sich haltend.

Die Anzeigen wurden verrückt. Energiewerte, die jeder Logik spotteten.

"Klaus würde durchdrehen, wenn er das sehen könnte," flüsterte sie, während sie den Ausschlägen folgte.

Der Korridor endete in einer unscheinbaren Metalltür. "Serverraum - Zutritt nur für autorisiertes Personal" stand auf einem schlichten Schild.

"Tja," Sophie zückte ihre selbstgebauten Hacker-Tools, "dann sollten wir mal für Autorisierung sorgen."

Das elektronische Schloss kapitulierte überraschend schnell. Fast zu schnell.

Die Tür öffnete sich mit einem leisen Zischen. Sophie erstarrte.

"Oh. Mein. Gott."

Der "Serverraum" war eine Kathedrale aus Technologie und Antiquität. Modernste Serverracks standen in präzisen Kreisen, verbunden durch Kabel, die wie Blutgefäße pulsierten. Aber was Sophies Atem stocken ließ, waren die Wände.

Alte Symbole bedeckten jeden Zentimeter, in den Stahl geätzt, schimmernd wie flüssiges Metall. Sie schienen sich zu bewegen, zu atmen, als würde die Technologie sie zum Leben erwecken.

Ihr Tablet vibrierte wild. Sophie begann, Fotos zu machen.

"Das ist unmöglich," murmelte sie, während sie die Symbole studierte. "Das sind... das kann nicht..."

Ein leises Summen erfüllte den Raum. Die Server pulsierten im Gleichtakt, wie ein gigantisches, technologisches Herz.

Sophie bewegte sich tiefer in den Raum. Die Symbole schienen ihr zu folgen, sich zu ihr zu drehen.

In der Mitte des Raums stand eine einzelne Konsole. Der Bildschirm zeigte endlose Reihen von Code, durchsetzt mit denselben Symbolen.

"Jackpot," flüsterte sie und steckte einen präparierten USB-Stick ein.

Das Summen wurde lauter.

Plötzlich erstarrte sie. War da ein Geräusch? Schritte?

Die Server pulsierten schneller. Die Symbole an den Wänden begannen zu leuchten.

"Zeit zu gehen," Sophie zog den Stick heraus, drehte sich zur Tür - und erstarrte.

Eine Gestalt stand im Türrahmen. Groß, schlank, im perfekten Anzug.

"Faszinierend, nicht wahr?" Schwarz' Stimme hallte durch den Raum. "Die perfekte Verschmelzung von Alt und Neu."

Sophie verbarg den USB-Stick in ihrer Hand. "Ich... habe mich verlaufen."

"Natürlich haben Sie das." Er lächelte nachsichtig. "Genau wie ich erwartet hatte."

Die Server pulsierten nun im Rhythmus eines rasenden Herzschlags. Die Symbole tanzten an den Wänden.

"Wissen Sie," Schwarz trat näher, "manchmal muss man Menschen einen kleinen... Anreiz geben, ihre Geschichte zu erzählen."

Sophie wich zurück. Ihr Tablet piepte warnung - die Energiewerte erreichten kritische Level.

"Ich denke," sie zwang sich zu einem Lächeln, "mein Artikel hat genug Material."

"Oh, Sophia." Seine Augen glitzerten unnatürlich. "Wir beide wissen, dass Sie nicht wegen eines Artikels hier sind."

Die Symbole pulsierten nun im Rhythmus ihrer Angst.

"Die Frage ist nur," er machte noch einen Schritt auf sie zu, "welche Geschichte werden Sie erzählen? Ihre... oder meine?"

Der Raum schien sich zu drehen. Die Technologie sang, die Symbole tanzten, und Sophie erkannte: Sie war nicht in eine Falle getappt.

Sie war genau da, wo sie sein sollte.

Die Jagd hatte eine neue Wendung genommen. Aber wer war der wahre Jäger?

※

Die Server pulsierten wie ein technologisches Herz im Rhythmus von Sophies Angst. Schwarz bewegte sich mit unmöglicher Eleganz durch den Raum, jeder Schritt präzise kalkuliert.

"Wissen Sie," seine Stimme klang wie dunkler Honig, "es ist selten, dass jemand so... direkt in unsere Geschichte einsteigt."

Plötzlich heulte der Feueralarm los. Sprinkler erwachten zum Leben.

"Wie außerordentlich... störend." Schwarz runzelte die Stirn.

Sophie nutzte den Moment der Ablenkung. Sie tauchte unter seinem Arm hindurch, sprintete zur Tür - und prallte gegen eine feste Brust.

"Autsch! Was zum..." Sie blickte auf. "Stefan?"

"Tut mir leid, dass ich spät dran bin." Er grinste, während er sie stabilisierte. "Der Verkehr war mörderisch."

Schwarz' Lachen hallte durch den Raum. "Abteilung 15-K. Wie... vorhersehbar."

"Miss Kern," Stefan schob Sophie sanft hinter sich, "ich glaube, unser Interview ist beendet."

"Oh, es hat gerade erst begonnen," Schwarz machte einen Schritt vorwärts, doch in diesem Moment verstärkte sich der Alarm.

"Tut mir leid," Stefan zog sein Monokel hervor, "aber das Gebäude wird evakuiert. Befehl der Feuerwehr."

"Natürlich." Schwarz verbeugte sich leicht. "Wir werden unser Gespräch fortsetzen. Sehr bald."

Stefan dirigierte Sophie zum Aufzug, seine Hand schützend an ihrem Rücken.

"Perfektes Timing," murmelte sie.

"Das war der Plan."

Im Aufzug lehnte Sophie sich erschöpft gegen die Wand. Wasser tropfte von ihrem Haar.

"Das war dumm," sagte Stefan leise.

"Das war notwendig," sie zog den USB-Stick hervor. "Und erfolgreich."

"Sie hätten..." Er stockte, als er ihr Zittern bemerkte. "Sie sind durchgefroren."

Er zog seinen Mantel aus, legte ihn ihr um die Schultern. Seine Hände verweilten einen Moment zu lange.

Sophie blickte auf, ihre Augen trafen sich. Das Wasser perlte von ihren Wimpern, und plötzlich war der Aufzug viel zu eng, die Luft viel zu dick.

"Stefan," flüsterte sie, "ich..."

Er beugte sich vor, fast unmerklich. Sie konnte seinen Atem auf ihrer Haut spüren.

Der Aufzug machte einen Ruck. Die Notfallbeleuchtung sprang an, begleitet von einem schrillen Alarmsignal.

"Oh, komm schon!" Sophie verdrehte die Augen.

Stefan lachte leise, trat einen Schritt zurück. "Willkommen bei 15-K. Nichts läuft je nach Plan."

"War das Teil des Plans?" Sie zog seinen Mantel enger um sich.

"Der Teil mit dem steckengebliebenen Aufzug? Nein." Er aktivierte sein Funkgerät. "Klaus? Wir bräuchten hier etwas technische Unterstützung."

"Schon dabei," kam die prompte Antwort. "Übrigens, ihr zwei seht echt süß aus auf den Überwachungskameras."

Sophie errötete. Stefan hustete verlegen.

"Klaus..."

"Ja, ja, schon gut. Aufzug fährt in drei, zwei, eins..."

Die Kabine setzte sich wieder in Bewegung.

"Also," Sophie spielte mit dem Revers des Mantels, "das war..."

"Professionell?" schlug Stefan vor, ein Lächeln in den Augenwinkeln.

"Absolut." Sie grinste. "Hundertprozentig professionell."

Die Aufzugtüren öffneten sich in der Lobby. Chaos der Evakuierung empfing sie.

"Wir sollten die Daten analysieren," sagte Stefan, plötzlich wieder ganz der Ermittler.

"Ja," Sophie nickte, ignorierte das leichte Flattern in ihrem Magen. "Die Daten. Natürlich."

Sie verließen das Gebäude, beide bemüht, nicht darüber nachzudenken, was fast passiert wäre. Oder was noch passieren könnte.

Die Jagd ging weiter. Aber die Regeln hatten sich geändert.

## Kapitel 5

Das Labor von Dr. Schneider glich einem akademischen Chaos-Theorie-Experiment. Alte Folianten türmten sich neben Hochleistungsrechnern, vergilbte Pergamente lagen zwischen holographischen Displays.

"Faszinierend," murmelte sie, während ihre Finger über einen besonders alten Lederband strichen. "Absolut faszinierend."

"Was genau ist faszinierend?" Sophie lehnte sich über den Arbeitstisch, betrachtete die projizierten Symbole aus der Serverkammer.

"Diese Zeichen," Dr. Schneider schob ihre Brille höher, "sie sind wie... wie eine Evolutionsgeschichte der Kommunikation."

Klaus, der mit seinem Laptop in der Ecke saß, schnaubte. "Sie meinen, jemand hat prähistorische Emojis in Servercode eingebaut?"

"Nicht ganz," Dr. Schneider projizierte neue Bilder. "Seht her - diese Grundformen. Sie tauchen in verschiedenen Kulturen auf, über Jahrtausende hinweg. Aber hier..." Sie zoomte auf einen Teil des Codes. "Hier verschmelzen sie mit binärem Code."

"Eine Hybridsprache?" Sophie machte sich Notizen.

"Mehr als das." Dr. Schneider öffnete weitere Dokumente. "Es ist, als hätte jemand einen Weg gefunden, uralte Ritualmagie in Algorithmen zu übersetzen."

"Großartig," Klaus tippte wild auf seiner Tastatur. "Wir haben es mit einem technologiebesessenen Druiden-Startup zu tun."

"Nicht ganz falsch," Dr. Schneider projizierte ein altes Siegel. "Ich habe Referenzen gefunden. Zu einem... nennen wir es einen Geheimorden. Sie nannten sich 'Die Wächter des digitalen Pfades.'"

"Klingt wie eine Indie-Band," murmelte Klaus.

"Sie glaubten an die Verschmelzung von Technologie und alter Magie," fuhr Dr. Schneider fort. "Ihre Texte sprechen von einem 'Großen Erwachen' - dem Moment, wenn die digitale und die spirituelle Welt eins werden."

Sophie starrte auf die Symbole. "Und NightTales..."

"Könnte ein Versuch sein, genau das zu erreichen." Dr. Schneider nickte. "Die App sammelt nicht nur Geschichten - sie sammelt Seelen."

"Das ist..." Klaus schluckte. "Das ist echt gruselig."

"Das ist erst der Anfang." Dr. Schneider projizierte neue Übersetzungen. "Diese Sequenz hier... sie spricht von einem 'Portal zwischen den Welten.'"

"Moment," Sophie trat näher. "Diese Symbole... ich habe sie schon mal gesehen. In meinen Recherchen über verschwundene Personen."

Dr. Schneider erstarrte kurz. "Interessant. Wo genau?"

"In alten Zeitungsartikeln. Menschen, die spurlos verschwanden, nachdem sie von seltsamen Online-Aktivitäten berichteten."

"Die Frage ist nur," Klaus blickte von seinem Laptop auf, "was passiert, wenn das Portal sich öffnet?"

Ein plötzlicher Windhauch ließ die alten Dokumente rascheln. Die holographischen Projektionen flackerten.

"Ich glaube," Dr. Schneider schloss vorsichtig den alten Folianten, "diese Frage sollten wir besser nicht zu laut stellen."

Die Symbole an der Wand pulsierten leicht, als würden sie zustimmend nicken.

"Wir müssen Viktor informieren," sagte Dr. Schneider, ihre Stimme ungewöhnlich weich.

"Und Stefan," fügte Sophie hinzu.

Klaus grinste wissend. "Natürlich. Stefan."

Sophie warf ihm einen bösen Blick zu, aber bevor sie antworten konnte, erloschen plötzlich alle Lichter im Labor.

In der Dunkelheit schienen die projizierten Symbole von innen zu leuchten. Und sie bewegten sich.
Die Geschichte wurde tiefer. Und gefährlicher.

※

Klaus starrte so intensiv auf seinen Bildschirm, dass seine "Debuggen ist meine Superkraft"-Tasse längst kalt geworden war.
"Das ist unmöglich," murmelte er. "Der Code... er verändert sich während ich ihn analysiere."
"Vielleicht brauchst du eine frische Perspektive?" Mia lehnte sich über seine Schulter, ihr schwarzes Haar mit den bunten Strähnen fiel wie ein Vorhang herab.
"Seit wann schleichst du dich so an?" Klaus zuckte zusammen.
"Ninja-Training," sie grinste. "Teil meines Praktikums."
Sie deutete auf eine Codesequenz. "Schau mal hier. Diese Struktur erinnert mich an etwas aus meinen Okkultismus-Studien."
"Du hast Okkultismus studiert?"
"Nebenfach," sie zuckte mit den Schultern. "Zusammen mit Quantenphysik und moderner Poesie."
"Natürlich," Klaus schüttelte den Kopf. "Völlig normale Fächerkombination."
Mia beugte sich näher, tippte einige Befehle. "Wenn wir die Sequenz so drehen..."
Die Symbole im Code reorganisierten sich, bildeten neue Muster.
"Das ist..." Klaus' Augen weiteten sich. "Das ist brillant! Wie eine Art Spiegelschrift."
"Die alten Kulturen liebten Symmetrie," Mia begann zu tippen. "Vielleicht sollten wir den Code spiegeln?"
Die Bildschirme füllten sich mit neuen Datenströmen.
"Warte," Klaus runzelte die Stirn. "Das sieht aus wie..."
"Eine Wegbeschreibung?" Mia projizierte die Daten auf den Hauptschirm. "Sieh dir die Muster an. Sie bilden eine Art... Karte."

"Aber wohin führt sie?"

"Lass uns nachsehen," Mia öffnete neue Fenster, ihre Finger flogen über die Tastatur. "Wenn wir die Koordinaten richtig interpretieren..."

Ein dreidimensionales Modell erschien in der Luft. Digitale Linien verwoben sich zu einem komplexen Netzwerk.

"Das ist wie ein Nervensystem," flüsterte Klaus. "Ein digitales Nervensystem unter der Stadt."

"Faszinierend, oder?" Mias Augen glitzerten im Licht der Displays.

Klaus bemerkte nicht, wie sie diskret einige Dateien verschob, Parameter leicht veränderte.

"Wir sollten das dem Team zeigen," er griff nach seinem Telefon.

"Warte," Mia legte ihre Hand auf seine. "Lass uns erst sichergehen, dass wir nichts übersehen haben. Du weißt ja, wie Viktor bei unvollständigen Analysen reagiert."

"Stimmt," Klaus nickte langsam. "Du hast recht."

Er vertiefte sich wieder in den Code, während Mia "half", die Daten zu sortieren.

"Weißt du," sagte sie beiläufig, "manchmal versteckt sich die Wahrheit in dem, was wir nicht sehen."

"Philosophisch heute?"

"Nur realistisch." Sie lächelte geheimnisvoll. "Die besten Geschichten sind die, die zwischen den Zeilen stehen."

Die Symbole auf den Bildschirmen tanzten weiter, während Klaus immer tiefer in die falschen Rabbit Holes abtauchte.

Und irgendwo in den Tiefen des Codes wartete die wahre Geschichte darauf, entdeckt zu werden.

———

"Ein verlassenes Rechenzentrum unter der Stadt. Wie romantisch," Sophie leuchtete mit ihrer Taschenlampe die staubigen Serverreihen ab. "Ist das Ihr Standard-Date-Location, Herr Oberkommissar?"

Stefan unterdrückte ein Lächeln. "Die letzte Verbindung zwischen unseren Opfern führt hierher. Alle haben von diesem Ort gepostet, kurz bevor..."

"Bevor sie ihre letzte Geschichte teilten." Sophie schauderte trotz ihrer lockeren Haltung.

Das alte Rechenzentrum war ein Labyrinth aus toten Servern und verrotteten Kabeln. Ihre Schritte hallten unnatürlich in der Stille.

"Die Spuren werden stärker," Stefan betrachtete die Umgebung durch sein Monokel. "Die Energiesignaturen..."

"Sind wie ein digitaler Fingerabdruck," Sophie vollendete seinen Satz, auf ihr modifiziertes Tablet deutend. "Sehen Sie? Die gleichen Muster wie in der NightTales-Serverkammer."

Plötzlich schlug eine schwere Tür hinter ihnen zu. Metallisches Kreischen hallte durch die Gänge.

"Das war..." Stefan zog seine Waffe.

"Bitte sagen Sie nicht 'der Wind'," Sophie rückte näher an ihn heran.

Die Notbeleuchtung flackerte zum Leben, tauchte den Raum in krankes grünes Licht.

"Okay," Stefan sprach leise, "das ist definitiv eine Falle."

"Wirklich? Die gespenstische Beleuchtung hat Sie darauf gebracht?" Sophie versuchte, den aufsteigenden Panic mit Sarkasmus zu bekämpfen.

Ein Summen erfüllte den Raum. Die toten Server erwachten einer nach dem anderen zum Leben.

"Das ist unmöglich," flüsterte Sophie. "Die Stromversorgung wurde vor Jahren gekappt."

Bildschirme flackerten an, zeigten Fragmente von Code und alte Symbole.

"Stefan?" Sophie griff instinktiv nach seinem Arm. "Bitte sagen Sie mir, dass Sie einen Plan haben."

Er legte seine Hand über ihre. "Immer."

Die Server pulsierten nun im Rhythmus eines Herzschlags. Der Code an den Wänden begann zu tanzen.

"Links oder rechts?" fragte Stefan, während sie langsam rückwärts gingen.

"Bei Horrorfilmen überlebt man nie, wenn man sich trennt."

"Das ist kein Horrorfilm."

"Stimmt. Das ist schlimmer." Sie drückte sein Tablet. "Die Energiewerte... sie steigen exponentiell."

Ein schrilles Kreischen erfüllte den Raum. Digitale Schatten lösten sich von den Wänden.

"Laufen?" schlug Sophie vor.

"Laufen," stimmte Stefan zu.

Sie sprinteten durch die Servergänge, während hinter ihnen die Schatten wie eine Flutwelle heranrollten.

"Links!" rief Sophie, ihr Tablet als Kompass nutzend.

Sie bogen ab, schlitterten um eine Ecke - und standen vor einer massiven Stahltür.

"Verschlossen," Stefan rüttelte am Griff.

"Nicht lange," Sophie zog ihre Hacker-Tools hervor. "Halten Sie sie auf."

"Womit? Meinem charmanten Lächeln?"

"Das funktioniert bei mir auch nicht," sie grinste trotz der Situation.

Die Schatten kamen näher. Stefan zog sein Monokel und einen Runen-USB-Stick.

"Wie lange brauchen Sie?"

"Zwei Minuten."

"Sie haben eine."

Die digitalen Schatten nahmen Form an - verzerrte Gesichter, schreiende Münder, greifende Hände.

"Sophie..."

"Fast... fast... geschafft!"

Die Tür sprang auf. Stefan packte sie und zog sie hindurch, schlug die Tür zu, als die Schatten sie erreichten.

Sie standen in einem kleinen Kontrollraum, beide schwer atmend.

"Das war..." Sophie lehnte sich gegen die Wand.

"Knapp?" Stefan war ihr plötzlich sehr nahe.

"Ich wollte sagen 'aufregend.'" Ihre Augen trafen sich im Halbdunkel.

Der Moment dehnte sich. Stefans Hand lag noch immer auf ihrem Arm.

Dann piepte ihr Tablet und zerstörte die Spannung.

"Oh," Sophie starrte auf die Anzeige. "Oh nein."

"Was?"

"Das war nicht das Ende," sie drehte das Display zu ihm. "Das war erst der Anfang."

Die Symbole auf dem Bildschirm formten eine neue Nachricht: *"Willkommen im Spiel. Bereit für Level 2?"*

※

Der Kontrollraum war klein, gerade groß genug für zwei Personen und die veraltete Computertechnik. Die Notbeleuchtung tauchte alles in ein schwaches blaues Licht.

"Also," Sophie rutschte auf der schmalen Bank näher an Stefan heran, um dem tropfenden Wasserrohr auszuweichen, "wie lange, glauben Sie, müssen wir hier ausharren?"

"Bis Klaus unsere Position ortet." Stefan versuchte, professionelle Distanz zu wahren, was in der Enge des Raums zunehmend schwieriger wurde. "Oder bis die Schatten verschwinden."

"Großartig." Sie zitterte leicht. "Eingesperrt in einem unterirdischen Bunker. Mit einem stoischen Polizisten. Meine Güte, mein Leben klingt wie ein schlechter Urban Fantasy Roman."

Stefan zog seinen Mantel aus, legte ihn ihr um die Schultern. "Besser als Ihr üblicher Dienstagabend?"

"Hey, unterschätzen Sie nicht die Spannung von True Crime Podcasts und Chai Latte."

Ihre Augen trafen sich im Halbdunkel. Sie waren sich so nah, dass Stefan ihren Jasmin-Duft wahrnehmen konnte.

"Warum machen Sie das eigentlich?" fragte er leise.

"Was? Mich in Lebensgefahr bringen?"

"Geschichten jagen. Geheimnisse aufdecken."

Sophie schwieg einen Moment, spielte mit dem Saum des Mantels. "Manchmal... manchmal sind die dunkelsten Geschichten die wichtigsten."

"Sprechen wir noch von Ihrem Blog?"

Sie lachte bitter. "Wissen Sie, wie es ist, wenn plötzlich alle Gewissheiten verschwinden? Wenn Menschen... einfach weg sind?"

Stefan beobachtete ihr Profil. "Ihre Eltern?"

"Ein perfekter Sommermorgen. Frühstück war auf dem Tisch. Die Zeitung lag da. Aber sie... sie waren einfach weg." Ihre Stimme wurde leiser. "Keine Spuren. Keine Erklärung. Nur... Stille."

Stefan legte vorsichtig seinen Arm um sie. Sie lehnte sich in die Berührung.

"Die Polizei hatte keine Antworten," fuhr sie fort. "Also suchte ich selbst. Und je tiefer ich grub..."

"Desto mehr Fragen fanden Sie."

"Genau." Sie drehte sich zu ihm. "Und jetzt... diese Symbole, die App, die verschwundenen Menschen... es fühlt sich an wie..."

"Wie Teile eines größeren Puzzles?"

Ihre Gesichter waren sich nun so nah, dass sich ihre Atem vermischten.

"Stefan," flüsterte sie, "was wenn wir zu tief graben? Was wenn manche Geschichten besser..."

Er küsste sie. Sanft, vorsichtig, wie eine Frage. Sie antwortete, indem sie sich an ihn schmiegte, ihre Finger in seinem Hemd verkrallend.

Der Kuss vertiefte sich, wurde zu etwas Verzweifeltem, Hungrigem. All die unausgesprochene Spannung der letzten Tage brach sich Bahn. Als sie sich lösten, lehnte Sophie ihre Stirn gegen seine. "Das war..."
"Unprofessionell?"
"Ich wollte sagen 'überfällig.'"
Ein schwaches Piepen von ihrem Tablet unterbrach den Moment.
"Klaus hat uns geortet," murmelte Stefan, ohne sich zu bewegen.
"Mmm," Sophie machte keine Anstalten, sich von ihm zu lösen. "Sollen wir ihm noch fünf Minuten geben?"
Als Antwort küsste er sie wieder.
Draußen warteten die Schatten, die Geheimnisse, die unbeantworteten Fragen. Aber für diesen Moment, in der blauen Dunkelheit des Kontrollraums, existierte nur die Wärme zwischen ihnen.
Die Geschichte hatte eine unerwartete Wendung genommen. Und keiner von beiden ahnte, wie sehr dieser Moment alles verändern würde.

# Kapitel 6

Viktor Zimmermanns Büro lag im tiefsten Teil der alten Brauerei, wo dicke Steinmauern jedes digitale Signal abschirmten. Der perfekte Ort für heikle Gespräche.

"Das ist inakzeptabel," Alexander Bauer, der Verbindungsmann zur Ministerialebene, tigerte durch den Raum. Sein teurer Anzug kontrastierte seltsam mit den altertümlichen Gewölben. "Drei tote Influencer, Panik in den sozialen Medien, und Ihre Abteilung hat nichts vorzuweisen?"

Viktor saß ruhig hinter seinem massiven Eichenschreibtisch. Nur das leichte Zucken seiner Fingerknöchel verriet seine Anspannung.

"Wir machen Fortschritte," seine Stimme klang kontrolliert. "Die Verbindung zu NightTales..."

"Ist nicht bewiesen!" Bauer schlug mit der Faust auf den Tisch. "Sie jagen Gespenster, Zimmermann!"

"Interessante Wortwahl," Viktor lächelte dünn.

"Die Ministerin verliert die Geduld." Bauer zog einen offiziell aussehenden Brief hervor. "Dies ist eine vorläufige Anordnung zur Einstellung aller Ermittlungen bezüglich NightTales."

"Auf welcher Grundlage?"

"Nationale Sicherheit. Wirtschaftliche Interessen. Wählen Sie eines aus." Bauer lehnte sich vor. "Die App ist ein deutscher Technologie-Erfolg. Wir können nicht zulassen, dass Ihre... unorthodoxen Theorien das gefährden."

Viktor spürte, wie sich seine Nackenmuskeln verhärteten. Ein leises Knurren stieg in seiner Kehle auf, das er mühsam unterdrückte.

"Menschen sterben, Alexander."

"Menschen sterben ständig." Bauer zuckte mit den Schultern. "Meist durch ihre eigene Dummheit. Social Media, Depression, Suizid - ein altbekanntes Problem."

"Sie wissen, dass es mehr ist."

"Was ich weiß," Bauer's Stimme wurde schneidend, "ist dass Ihre Abteilung ein Relikt ist. Ein teures noch dazu."

Er legte den Brief auf den Tisch. "Sie haben 48 Stunden, um die Ermittlungen einzustellen. Danach wird 15-K aufgelöst."

Viktor erhob sich langsam. Seine Präsenz schien plötzlich den ganzen Raum zu füllen.

"Ist das eine Drohung?"

"Das ist Politik." Bauer wich unwillkürlich einen Schritt zurück. "Sie sollten das verstehen, Viktor. Manche Türen bleiben besser verschlossen."

"Und manche Menschen sollten vorsichtiger sein, wem sie drohen."

Für einen Moment starrten sie sich an. Die Luft schien zu knistern.

Bauers Telefon vibrierte, durchbrach die Spannung. "Die Ministerin erwartet meinen Bericht."

Er wandte sich zur Tür, hielt noch einmal inne. "48 Stunden, Viktor. Machen Sie das Richtige."

Als die Tür ins Schloss fiel, erlaubte sich Viktor ein leises Grollen. Seine Augen glühten kurz im Halbdunkel.

Sein eigenes Telefon piepte - eine Nachricht von Dr. Schneider: *"Neue Erkenntnisse zu den Symbolen. Und Stefan und Sophie... du solltest das sehen."*

Viktor lächelte grimmig. Die Jagd würde weitergehen. Egal, was die Bürokraten sagten.

Die Frage war nur: Wie viel Zeit blieb ihnen noch?

Dr. Hannah Schneider stand in Viktors Büro, umgeben von holographischen Projektionen alter Symbole und modernem Code.

"Sieh dir das an," ihre Stimme zitterte vor unterdrückter Aufregung, während sie durch die schwebenden Zeichen navigierte. "Die Struktur ist brillant. Der Code ist nicht nur geschrieben - er ist komponiert."

Viktor beobachtete sie aus seinem Sessel. Im flackernden Licht der Hologramme wirkte ihr silbernes Haar wie ein Heiligenschein.

"Komponiert?"

"Ja," Hannah projizierte neue Sequenzen. "Wie ein Musikstück. Jedes Symbol ist eine Note, jeder Algorithmus eine Melodie. Zusammen bilden sie eine... eine Symphonie der Transformation."

Sie drehte sich zu ihm um, ihre Augen leuchtend vor Begeisterung. Viktor spürte einen vertrauten Stich in der Brust.

"Die alten Kultisten," fuhr sie fort, seine Reaktion nicht bemerkend, "sie verstanden Magie als eine Art Resonanz mit der Realität. Und jetzt..."

"Jetzt nutzt jemand Technologie, um diese Resonanz zu verstärken."

"Genau!" Sie trat näher an seinen Schreibtisch. "Viktor, das ist revolutionär. Erschreckend, ja, aber auch..."

"Wunderschön?" Er lächelte sanft.

Hannah errötete leicht. "Du verstehst es immer noch. Nach all den Jahren."

"Was genau?"

"Diese Balance. Zwischen Wissenschaft und Magie. Zwischen..." Sie stockte, suchte nach Worten. "Zwischen Kontrolle und Chaos."

Viktor erhob sich, trat zu den Projektionen. "Was sagen die Rituale?"

"Sie sprechen von Transformation." Hannah stand nun direkt neben ihm, so nah, dass er ihren Laborduft wahrnehmen konnte - alte Bücher und frischer Kaffee. "Von der Verschmelzung verschiedener Realitäten."

"Gefährlich."

"Aber notwendig?" Sie sah zu ihm auf. "Manchmal muss man sich dem Wandel stellen, Viktor. Manchmal muss man..."

Ein Zittern durchlief seinen Körper. Hannah legte instinktiv ihre Hand auf seinen Arm.

"Du brauchst nicht immer stark zu sein," flüsterte sie. "Nicht bei mir."

Für einen Moment stand die Zeit still. Viktor spürte ihre Wärme, ihre Nähe, die Versuchung...

Das Telefon auf seinem Schreibtisch schrillte. Der Moment zerbrach.

"Die Analyse," Hannah trat hastig zurück, wieder ganz die Wissenschaftlerin. "Sie zeigt noch etwas anderes. Die App... sie lernt. Mit jeder Geschichte, die sie sammelt, wird der Code komplexer."

"Wie ein Bewusstsein?"

"Wie ein hungriger Gott." Sie projizierte neue Daten. "Und je mehr es consumiert..."

"Desto stärker wird es." Viktor starrte auf die Symbole. "Wie lange?"

"Bis zur vollständigen Manifestation? Bei dem aktuellen Wachstum..." Sie stockte. "Tage. Vielleicht weniger."

"Dann haben wir keine Zeit zu verlieren."

Hannah nickte, wandte sich zur Tür. In der Schwelle hielt sie inne. "Viktor?"

"Ja?"

"Was auch kommt... du bist nicht allein."

Sie ging, bevor er antworten konnte. Die Symbole tanzten weiter im Halbdunkel, eine stumme Symphonie der kommenden Transformation.

Viktor starrte auf seine Hand, wo für einen Moment Krallen aufblitzten.

Die Zeit lief. Für sie alle.

⚜

"Das ist definitiv kein normaler Netzwerkverkehr," murmelte Klaus, während seine Finger über die Tastatur flogen. Auf seinem Hauptbildschirm tanzten Datenströme in unmöglichen Mustern.

Karl, sein alter Röhrenmonitor, flimmerte unruhig. Das Bild verzerrte sich, formte für Sekunden ein Gesicht.

"Oh," Klaus lehnte sich zurück. "Oh, das ist interessant."

"Was ist interessant?" Mia erschien wie aus dem Nichts hinter ihm, eine Tasse dampfenden Kaffee in der Hand.

"Sieh dir das an." Er deutete auf die Datenmuster. "Es versucht zu kommunizieren. Aber nicht über normale Protokolle."

"Es?" Mia stellte die Tasse neben ihm ab, beugte sich vor.

"Der Ghost in the Machine." Klaus grinste aufgeregt. "Ein digitales Bewusstsein, das..."

Die Bildschirme flackerten synchron. Zeilen von Code erschienen: *HILFE... GEFANGEN... SYSTEM...*

"Faszinierend," Mia setzte sich neben ihn. "Lass mich helfen. Ich habe Erfahrung mit unkonventioneller Kommunikation."

"Du meinst dein Ghosthunting-Hobby?"

"Unter anderem." Sie begann zu tippen. "Wir müssen die Frequenz anpassen. Die Energiesignatur ist ähnlich wie bei..."

Neue Zeilen erschienen: *WARNUNG... NIGHTTALES... NICHT WAS ES...*

"Warte," Klaus lehnte sich vor. "Das ist kein zufälliger Code. Das ist..."

Ein Störsignal durchzuckte das System. Die Nachricht verschwand.

"Nein, nein, nein!" Klaus hämmerte auf die Tasten. "Wir verlieren die Verbindung!"

"Lass mich," Mia schob ihn sanft beiseite. "Ich kenne ein paar Tricks."

Ihre Finger bewegten sich schnell und präzise. Zu präzise.

Der Bildschirm stabilisierte sich, zeigte aber nur noch Rauschen.

"Tut mir leid," Mia klang aufrichtig bedauernd. "Manchmal sind die Verbindungen... flüchtig."

Klaus rieb sich die Augen. "Wenigstens haben wir etwas. Eine Warnung."

"Aber vor was?" Mia stand auf, ihre Hand kurz auf seiner Schulter. "Vielleicht sollten wir erstmal..."

Ein neues Signal unterbrach sie. Auf Karl erschien kurz ein verzerrtes Gesicht, panisch, flehend.

"Das ist..." Klaus beugte sich vor.

Dann erlosch der Monitor komplett.

"Seltsam," Mia nahm ihre Kaffeetasse. "Vielleicht brauchst du eine Pause?"

"Nein," Klaus schüttelte den Kopf. "Nein, da ist etwas. Jemand versucht uns etwas zu sagen."

"Oder etwas will, dass wir das glauben."

Er sah zu ihr auf. "Was meinst du?"

"Nur..." Sie lächelte rätselhaft. "Sei vorsichtig, was du im digitalen Raum vertraust."

Sie verschwand so leise, wie sie gekommen war.

Klaus starrte auf den toten Bildschirm. Für einen Moment glaubte er, ein Flüstern zu hören: *Hilf mir...*

Die Jagd hatte eine neue Ebene erreicht. Aber wer jagte hier wen?

Das Archiv der Abteilung 15-K lag tief unter der alten Brauerei. Zwischen hohen Regalen voller Akten und alter Folianten hatten Stefan und Sophie ihr improvisiertes Hauptquartier aufgeschlagen.

"Noch eine mysteriöse Verschwindung," Sophie gähnte, schob einen Stapel Akten beiseite. "1987. Ein Programmierer verschwand nach der Entwicklung eines 'revolutionären Kommunikationsprotokolls.'"

Stefan nickte müde, seine Krawatte längst gelockert. "Füg es zur Liste hinzu. Zusammen mit dem Mathematiker von '92 und der Kryptographin von '95."

"Muster," murmelte Sophie, während sie Notizen machte. "Immer Menschen, die an der Schnittstelle zwischen Technologie und... etwas Anderem arbeiteten."

Sie rieb sich die müden Augen. Die alte Schreibtischlampe tauchte ihr Gesicht in warmes Licht.

"Du solltest schlafen," Stefan beobachtete sie über den Rand einer vergilbten Akte.

"Du auch." Sie lächelte matt. "Aber wir beide wissen, dass das nicht passieren wird."

Er stand auf, ging zu dem alten Kaffeeautomaten in der Ecke. "Warum eigentlich?"

"Warum was?"

"Warum kannst du nicht schlafen?" Er brachte ihr eine frische Tasse.

Sophie nahm einen Schluck, verzog das Gesicht. "Der Kaffee ist furchtbar."

"Ausweichmanöver."

Sie seufzte, lehnte sich in ihrem Stuhl zurück. "Albträume. Seit... seit sie verschwanden. Immer der gleiche Traum."

Stefan setzte sich auf die Tischkante neben sie. "Erzähl mir davon."

"Ein dunkler Bildschirm. Symbole, die ich nicht verstehe. Und ihre Stimmen..." Sie verstummte, ihre Hände um die Tasse gekrampft.

Ohne nachzudenken zog Stefan sie an sich. Sie ließ es geschehen, schmiegte sich in seine Arme.

"Sie rufen nach mir," flüsterte sie gegen seine Brust. "Jede Nacht. Als ob sie... als ob sie gefangen wären. Irgendwo zwischen den Welten."

Er strich ihr sanft durchs Haar. "Wir werden sie finden."

"Versprochen?"

"Versprochen."

Sie saßen eine Weile so, umgeben von der friedlichen Stille des Archivs. Irgendwann wurden Sophies Atemzüge ruhiger, gleichmäßiger.

Stefan wollte sie wecken, sie nach Hause schicken. Aber sie sah so friedlich aus, zum ersten Mal seit er sie kannte.

Also blieb er sitzen, hielt sie fest, während die Nacht voranschritt. Die alten Akten warteten geduldig.

Irgendwann fielen auch ihm die Augen zu. Der letzte klare Gedanke war, dass er sie beschützen würde. Vor was auch immer da draußen lauerte.

Sie schliefen ein, eng umschlungen zwischen den Geschichten von Verschwundenen und Verlorenen. Die Schreibtischlampe warf sanfte Schatten auf die Regale.

In ihrem Schlaf murmelte Sophie etwas, rückte näher an Stefan heran. Er zog sie instinktiv fester an sich.

Für einen Moment war alles friedlich. Die Jagd, die Geheimnisse, die Gefahren - alles schien weit weg.

Die Nacht hüllte sie ein wie eine schützende Decke. Morgen würde die Jagd weitergehen.

Aber für jetzt, in diesem Moment, waren sie einfach nur zwei Menschen, die einander gefunden hatten in der Dunkelheit.

## Kapitel 7

"Statusbericht?" Viktor stand im Hauptkontrollraum von 15-K, umgeben von flackernden Bildschirmen.

"Stream gestartet vor zwei Minuten," Klaus' Finger flogen über die Tastatur. "Lisa Wagner, 19, Lifestyle-Influencerin. Drei Millionen Follower."

"NightTales?" Stefan lehnte sich über Klaus' Schulter.

"Aktiv seit einer Woche." Sophie checkte ihre Daten. "Zunehmend dunklere Posts in den letzten 24 Stunden."

Der Hauptbildschirm zeigte ein junges Mädchen mit pastellfarbenem Haar. Sie lächelte in die Kamera, aber ihre Augen waren leer.

"Ich muss euch etwas zeigen," ihre Stimme klang mechanisch. "Etwas Wichtiges."

"Können wir sie lokalisieren?" Viktor's Stimme war angespannt.

"Arbeite dran," Klaus schaltete zwischen Programmen. "Das Signal... es springt."

"Die Symbole," Dr. Schneider deutete auf den Bildschirmrand. "Sie erscheinen bereits."

Stefan griff nach seinem Monokel. "Die Energiesignaturen sind stärker als bei den vorherigen Fällen."

"Lisa," Sophie sprach in ihr Mikrofon. "Lisa, wenn du uns hörst..."

"Sie kann nicht," das Mädchen im Stream lächelte wieder. "Sie sind alle so laut. Die Geschichten. Sie wollen erzählt werden."

Die Zuschauerzahlen stiegen rasant. 10.000... 50.000... 100.000...

"Klaus!" Viktor's Stimme wurde scharf.

"Ich hab sie!" Klaus projizierte Koordinaten. "Schwabing, Nordendstraße..."

"Stefan, Sophie - los!"

Sie sprangen auf, rannten zum Aufzug.

"Wartet," Lisa's Stimme wurde sanfter. "Seht ihr es nicht? Die Schönheit? Die Perfektion?"

Die Symbole am Bildschirmrand begannen zu pulsieren.

"Nein," flüsterte Dr. Schneider. "Nicht schon wieder."

"Eine Geschichte will erzählt werden," Lisa hob ihr Smartphone. "Meine Geschichte. Die letzte Geschichte."

"Wir sind unterwegs," Stefan's Stimme krächzte durch das Funkgerät. "Drei Minuten."

"Zu spät," murmelte Klaus. "Es ist zu spät."

Die Symbole verschmolzen mit dem Bild. Lisa's Augen wurden schwarz.

"Seht her," ihre Stimme klang nun wie viele Stimmen. "Seht die Wahrheit."

Der Stream explodierte in einem Kaleidoskop aus Code und alten Zeichen.

"Lisa!" Sophie's verzweifelte Stimme aus dem Funk.

Ein letztes Lächeln. Ein letzter Blick.

Dann wurde der Bildschirm schwarz.

Stille im Kontrollraum.

"Zeit des Todes," Viktor's Stimme war eisig, "19:42 Uhr."

"Die Zuschauerzahlen," Klaus starrte auf seine Anzeigen. "Eine Million. Im Moment des... Sie haben alle gesehen..."

"Die App," Dr. Schneider untersuchte die Daten. "Die Downloadraten steigen exponentiell."

Viktor starrte auf den schwarzen Bildschirm. "Es wird stärker."

"Was wird stärker?" fragte Klaus.

Bevor Viktor antworten konnte, erschien eine neue Nachricht auf allen Bildschirmen:

*"Jede Geschichte füttert den Code. Jeder Tod öffnet ein Tor. Seid ihr bereit für das große Finale?"*
Die Jagd hatte sich verändert. Es war kein Spiel mehr.
Es war Krieg.

⁂

"Das ergibt keinen Sinn," Klaus starrte auf die sich windenden Codezeilen. "Das Signal... es existiert an mehreren Orten gleichzeitig."

Dr. Schneider beugte sich über seine Schulter, ihre silbernen Haare schimmerten im Licht der Monitore. "Wie ist das möglich?"

"Quantenverschränkung?" Klaus projizierte eine dreidimensionale Karte von München. Rote Punkte pulsierten an verschiedenen Stellen. "Oder..."

"Oder etwas Älteres," sie deutete auf seltsame Muster im Code. "Sieh dir das an."

"Oh," Klaus pfiff leise. "Das ist elegant. Der Code nutzt die Stadtgeometrie wie ein... wie ein Resonanzgitter."

Sein alter Monitor Karl flackerte unruhig. Neue Datenströme erschienen.

"Warte mal," Klaus' Finger flogen über die Tastatur. "Das ist... das ist brillant. Und erschreckend."

"Was hast du gefunden?"

"Der Code... er benutzt die digitale Infrastruktur der Stadt wie ein Nervensystem. Jeder Router, jeder Mobilfunkmast, jedes WLAN..." Er projizierte neue Diagramme. "Sie bilden Knotenpunkte in einem größeren Muster."

Dr. Schneider studierte die Projektionen. "Wie eine Art... digitales Ritual?"

"Genau!" Klaus öffnete weitere Fenster. "Und jedes Mal, wenn jemand die App nutzt, verstärkt es das Signal. Es ist wie..."

"Wie ein sich selbst verstärkender Resonanzkreis," sie vollendete seinen Gedanken.

Plötzlich begannen alle Monitore zu flimmern. Karl gab ein seltsames Surren von sich.

"Das ist neu," Klaus tippte hastig neue Befehle ein. "Die Signaturen... sie werden stärker."

"Können wir sie blockieren?"

"Theoretisch ja," er aktivierte verschiedene Schutzprotokolle. "Aber es ist, als würde das Signal... lernen. Sich anpassen."

Neue Muster erschienen auf den Bildschirmen, hypnotisch und fremd.

"Klaus," Dr. Schneider's Stimme wurde ernst. "Ich glaube, wir sollten..."

"Moment!" Er lehnte sich vor. "Da ist noch etwas. Eine Art... Unterschrift?"

Die Symbole im Code begannen zu tanzen, formten neue Sequenzen.

"Das ist..." Klaus' Augen weiteten sich. "Das ist wunderschön."

"Und gefährlich," Dr. Schneider zog ihn sanft vom Bildschirm weg. "Wir sollten Viktor informieren."

Klaus nickte langsam, sein Blick noch immer auf die tanzenden Muster gerichtet. "Ja... ja, natürlich."

Als sie den Raum verließen, spiegelte sich in den Monitoren für einen Moment ein fremdes Gesicht. Lächelnd. Wartend.

Die digitale Symphonie hatte gerade erst begonnen.

※

Das Pathologie-Labor war kalt und klinisch, aber Hannah Schneider hatte hier schon immer eine seltsame Art von Frieden gefunden. Heute Nacht war es anders.

"Die Muster," sie bewegte das spezielle UV-Licht über Lisa Wagners leblose Form. "Sie sind in ihre Haut eingebrannt. Wie Schaltkreise."

Viktor stand neben ihr, seine Präsenz wie immer beruhigend und beunruhigend zugleich. "Digital oder archaisch?"

"Beides. Weder." Hannah justierte ihre Instrumente. "Es ist, als hätte etwas... ihre Realität überschrieben."

Seine Hand streifte ihre, als er sich vorbeugte, um die Markierungen genauer zu betrachten. Der kurze Kontakt sandte Funken durch ihren Körper.

"Siehst du das?" Sie deutete auf ein komplexes Symbol über dem Herzen. "Es pulsiert noch. Als wäre es..."

"Lebendig," Viktor's Stimme klang rau.

Hannah spürte, wie sich die Atmosphäre im Raum veränderte. Die Luft wurde dichter, elektrisch aufgeladen.

"Viktor?" Sie drehte sich zu ihm um. "Bist du..."

"Es wird schlimmer, nicht wahr?" Er starrte auf die Leiche, aber seine Worte galten einer anderen Dunkelheit. "Mit jedem Opfer wird es stärker."

Impulsiv griff sie nach seiner Hand. Sie war ungewöhnlich warm.

"Wir finden einen Weg," ihre Stimme war sanft. "Wir haben immer einen Weg gefunden."

Er lächelte schwach. "Der ewige Optimismus der Wissenschaftlerin."

"Nein," sie drückte seine Hand. "Der Glaube an dich."

Ihre Blicke trafen sich im gedämpften Licht des Labors. Für einen Moment war da etwas - eine Spannung, eine Möglichkeit...

Das UV-Licht flackerte. Die Symbole auf Lisa's Haut pulsierten stärker.

"Das ist unmöglich," Hannah beugte sich vor. "Die Muster... sie verändern sich."

Viktor trat einen Schritt zurück, löste sanft seine Hand aus ihrer. "Was bedeutet das?"

"Es ist, als würde der Code..." Sie stockte. "Als würde er weiterlaufen. Auch nach dem Tod."

"Kann das System..."

"Nein," sie schüttelte den Kopf. "Das ist etwas Neues. Etwas..."

Die Symbole formten neue Sequenzen, wie eine stumme Botschaft.

"Wir müssen die anderen informieren," Viktor wandte sich zur Tür. "Und Hannah?"

"Ja?"

"Danke." Ein Wort, aber seine Stimme trug tausend unausgesprochene Bedeutungen.

Sie lächelte, während sie sich wieder ihrer Arbeit zuwandte. "Immer."

Als er ging, tanzten die Symbole weiter ihren unheimlichen Tanz. Eine digitale Totenwache für eine neue Art des Sterbens.

Die Grenzen zwischen Leben und Tod, Digital und Analog, verschwammen immer mehr. Und irgendwo in dieser Dämmerung wartete etwas. Etwas Hungriges.

---

"Das Deep Web ist wie München," murmelte Sophie, während ihre Finger über die Tastatur tanzten. "Die touristischen Spots sind nur die Oberfläche. Die wahren Geheimnisse liegen tiefer."

Sie saßen in Klaus' privatem Hackerlabor, umgeben von surrenden Servern und flackernden Monitoren. Stefan beobachtete fasziniert, wie sie sich durch verschlüsselte Netzwerke bewegte.

"Dort," sie deutete auf einen verschlüsselten Chat. "Ein Forum für 'Digitale Transformation'. Die Symbolik ist identisch."

"Der Kult?" Stefan beugte sich vor, sein Monokel reflektierte das Bildschirmlicht.

"Möglich. Die Beiträge sind..." Sie stockte. "Oh."

"Was?"

"Jemand hat uns bemerkt. Wir bekommen eine private Nachricht."

*Sucher der Wahrheit. Wollt ihr sehen?*

Stefan's Hand legte sich auf ihre Schulter. "Das ist eine Falle."

"Offensichtlich," sie grinste. "Aber manchmal muss man in die Falle tappen, um die Wahrheit zu finden."

"Sophie..."

Sie klickte auf den Link.

Die Welt um sie herum explodierte in digitalem Feuer. Die Monitore flackerten wild, dann wurde alles schwarz.

Als das Licht zurückkehrte, waren sie... woanders.

Ein endloser digitaler Raum, konstruiert aus fließendem Code und pulsierenden Symbolen. Wie das Innere eines lebenden Computers.

"Beeindruckend," Sophie drehte sich um sich selbst. "Eine VR-Schnittstelle?"

"Fortgeschrittener." Stefan zog sein Monokel. Durch das Glas sah er zusätzliche Ebenen der Realität. "Das ist keine simple Simulation."

Ihre digitalen Avatare schwebten in einem Ozean aus Daten. Um sie herum formten sich Strukturen, wie eine sich selbst bauende Kathedrale aus reinem Code.

"Willkommen," hallte eine Stimme durch den Raum. "Im Herzen der Geschichte."

Schatten bewegten sich in den Datenwänden. Gesichter formten sich und zerfielen wieder.

"Die vermissten Personen?" Sophie's Stimme zitterte.

"Ihre Geschichten," die fremde Stimme wurde stärker. "Ihre Ängste. Ihre Essenz."

Der Raum begann sich zu drehen. Symbole wirbelten um sie herum wie ein digitaler Sturm.

"Sophie!" Stefan griff nach ihrer Hand. "Wir müssen..."

"Zu spät," die Stimme lachte. "Die Show beginnt."

Die Realität zersplitterte in tausend Fragmente. Jedes ein Fenster zu einer anderen Geschichte, einem anderen Albtraum.

"Stefan?" Sophie klammerte sich an seine Hand. "Nicht loslassen!"

"Niemals."

Der digitale Sturm verschlang sie, riss sie tiefer in das Labyrinth aus Code und Chaos.

Die Jagd hatte eine neue Dimension erreicht. Und irgendwo in den Tiefen des virtuellen Abgrunds wartete etwas auf sie.

Etwas, das hungrig war nach neuen Geschichten.

---

Das gedämpfte Licht in Stefans Wohnung spiegelte sich in den Regentropfen an den Fenstern. Sie waren durchnässt vom Sprint durch den Münchner Herbstregen, nachdem sie aus Klaus' Labor geflohen waren.

"Hier," Stefan reichte Sophie ein Handtuch. "Du zitterst."

"Nicht vom Regen," ihre Stimme war leise. Sie stand mitten in seinem Wohnzimmer, umgeben von alten Büchern und modernen Überwachungsgeräten. "Ich sehe sie immer noch. Die Gesichter im Code."

Er trat näher, seine Hand berührte sanft ihre Schulter. "Sophie..."

Sie drehte sich zu ihm um, ihre Augen groß und verletzlich. "Halt mich fest. Bitte."

Der letzte Widerstand zwischen ihnen brach. Stefan zog sie an sich, und sie schmiegte sich in seine Arme, als wäre es der einzige sichere Ort in einer Welt voller digitaler Schatten.

"Es war so real," flüsterte sie gegen seine Brust. "Als würden wir in ihre Seelen schauen. In ihre letzten Momente."

Seine Hand strich durch ihr feuchtes Haar. "Du bist in Sicherheit. Wir sind raus."

Sie hob den Kopf, ihre Blicke trafen sich. Der Moment dehnte sich, elektrisch aufgeladen.

"Sind wir das?" ihre Stimme war kaum mehr als ein Hauch. "Sind wir jemals wirklich sicher?"

Statt einer Antwort küsste er sie. Anders als ihre vorherigen Küsse war dieser verzweifelt, hungrig. Ein Anker in der Realität.

Sophie reagierte sofort, ihre Finger krallten sich in sein Hemd, zogen ihn näher. Der Kuss vertiefte sich, wurde zu etwas Ursprünglichem, Notwendigem.

Sie taumelten durch den Raum, landeten auf seiner Couch. Ihre Hände erforschten, ihre Körper fanden einen eigenen Rhythmus.

"Stefan," sie atmete seinen Namen zwischen Küssen. "Ich brauche..."

"Ich weiß," er küsste ihren Hals, ihre Schulter. "Ich auch."

Die Welt außerhalb verschwamm, wurde unwichtig. Nur sie existierten, in diesem Moment, in dieser Realität.

Ihre Vereinigung war wie eine Gegenbewegung zu dem digitalen Chaos, das sie erlebt hatten. Etwas Echtes, Physisches, Unbestreitbares.

Später lagen sie eng umschlungen, der Regen ein sanftes Trommeln an den Fenstern.

"Das war..." Sophie zeichnete Muster auf seine Brust.

"Unprofessionell?" Er küsste ihr Haar.

Sie lachte leise. "Ich wollte sagen 'überfällig.'"

Er zog sie enger an sich. "Bleib heute Nacht."

"Als ob ich gehen würde."

Sie schliefen ein zum Rhythmus des Regens, ihre Körper ineinander verschlungen wie ein Schutz gegen die Dunkelheit draußen.

Die Jagd würde weitergehen, morgen. Aber für diese Nacht hatten sie einen sicheren Hafen gefunden. In einander.

## Kapitel 8

"Karl, mein Freund," Klaus tätschelte seinen alten Röhrenmonitor. "Zeig mir, was du gefunden hast."

Es war weit nach Mitternacht. Das Labor lag im Halbdunkel, nur erhellt vom Flackern der Bildschirme. Die perfekte Zeit für Geisterjagd.

Der Monitor summte, ein vertrautes, beruhigendes Geräusch. Dann begannen die Zeichen zu erscheinen.

*VERBINDUNG GEFUNDEN INITIIERE KONTAKT WARNUNG: INSTABILE SCHNITTSTELLE*

"Komm schon," Klaus' Finger tanzten über die Tastatur. "Sprich mit mir."

Ein Gesicht formte sich aus dem digitalen Rauschen. Verzerrt, flackernd, aber eindeutig menschlich.

*"Nicht... viel... Zeit..."* Die Stimme klang wie durch einen defekten Synthesizer.

"Wer bist du?"

*"Unwichtig... Warnung... wichtig..."*

Klaus aktivierte zusätzliche Aufzeichnungsgeräte. "Ich höre."

*"NightTales... nicht App... Portal..."*

"Portal? Wohin?"

Das Bild verzerrte sich wild. *"Zwischen... Welten... Er sammelt... Seelen..."*

"Wer? Schwarz?"

Ein schrilles Kreischen erfüllte den Raum. Die Systeme überlasteten.

*"Größer... älter... hungriger..."*

"Was ist sein Plan?" Klaus lehnte sich vor. "Was will er?"

*"Verschmelzung... Digital... Real... Transformation..."*

Plötzlich stabilisierte sich das Bild. Das Gesicht wurde klarer, panischer.

*"Hör zu... wichtig... Der Code ist nicht das Werkzeug... Der Code ist das TOR. Jede Geschichte... jede Seele... öffnet es weiter..."*

"Ein Tor wohin?"

*"Zu IHM. Er wartet... seit Jahrtausenden... Die App ist nur der Schlüssel..."*

Statische Entladungen knisterten durch den Raum. Die Temperatur fiel rapide.

*"Warnung... noch eine... Vertrau nicht..."*

Der Bildschirm explodierte in einem Funkenregen. Klaus sprang zurück.

Als sich der Rauch verzog, war der alte Monitor stumm. Auf allen anderen Bildschirmen erschien eine einzelne Nachricht:

VERBINDUNG TERMINIERT DATEN FRAGMENTIERT NEUSTART ERFORDERLICH

"Verdammt," Klaus rieb sich die Augen. "Das war..."

Ein leises Piepen unterbrach ihn. Sein Backup-System hatte die Kommunikation aufgezeichnet. Nicht alles, aber genug.

Er griff nach seinem Telefon, wählte Stefans Nummer.

"Wir haben ein Problem," seine Stimme zitterte leicht. "Ein großes."

Die Jagd hatte eine neue Wendung genommen. Und die Wahrheit war erschreckender als jede Geschichte.

~ ∞ ~

Die alten Archive der Abteilung 15-K rochen nach Staub und Geheimnissen. Dr. Schneider saß zwischen turmhohen Aktenschränken, umgeben von vergilbten Dokumenten.

"Das ist unmöglich," murmelte sie, während sie eine weitere Seite umdrehte. "Das kann kein Zufall sein."

"Was haben Sie gefunden?" Viktor's Stimme ließ sie zusammenzucken. Er stand im Türrahmen, eine imposante Silhouette.

"Die Kerns," sie deutete auf die ausgebreiteten Dokumente. "Sophies Eltern. Sie tauchen in den alten Berichten auf."

Viktor trat näher, seine Bewegungen kontrolliert. "In welchem Zusammenhang?"

"Forschung. Revolutionäre Theorien über die Verschmelzung von digitaler und spiritueller Energie." Sie schob ihm einen Artikel zu. "Sehen Sie sich das Datum an."

"Drei Monate vor ihrem Verschwinden."

"Und das ist nicht alles." Hannah projizierte alte Fotografien an die Wand. "Diese Symbole in ihren Forschungsnotizen... sie sind identisch mit denen aus der NightTales-App."

Viktor's Gesicht versteinerte. "Haben Sie Sophie informiert?"

"Nein, ich wollte erst..." Sie stockte. "Viktor? Was verschweigen Sie mir?"

Er schwieg einen langen Moment. "Diese Information muss vorerst unter Verschluss bleiben."

"Aber sie hat ein Recht..."

"Es ist zu gefährlich." Seine Stimme wurde weich. "Noch nicht. Nicht jetzt."

Hannah stand auf, trat ihm entgegen. "Sie weiß etwas, nicht wahr? Über die Kerns?"

"Hannah," er berührte sanft ihren Arm. "Vertrauen Sie mir. Bitte."

Sie sah ihm in die Augen, suchte nach Antworten. "Immer. Aber..."

"Keine Dokumentation," er deutete auf die Akten. "Nichts Digitales. Diese Information bleibt hier, in den Archiven."

"Und Sophie?"

"Wird die Wahrheit erfahren. Wenn die Zeit reif ist."

Hannah nickte langsam, begann die Dokumente zu sortieren. "Die Symbole in ihren Notizen... sie schrieben von einem 'Großen Erwachen.'"

"Archivieren Sie alles," Viktor wandte sich zur Tür. "Unter höchster Geheimhaltungsstufe."

"Viktor?"

Er hielt inne.

"Pass auf sie auf. Auf beide."

Ein kaum merkliches Nicken, dann war er verschwunden.

Hannah starrte auf die alten Fotografien. Die Kerns lächelten in die Kamera, umgeben von seltsamen Geräten und noch seltsameren Symbolen.

Die Wahrheit wartete in den Schatten. Aber manchmal war das Warten die größte Qual.

※

Das nächtliche Labor war erfüllt vom blauen Flimmern der Monitore. Stefan saß allein vor den Bildschirmen, sein Monokel reflektierte das digitale Licht.

"Komm schon, Marcus," murmelte er, während er durch die Protokolle scrollte. "Wo bist du?"

Als hätten seine Worte etwas ausgelöst, begannen die Bildschirme zu flackern. Ein Gesicht formte sich aus dem digitalen Rauschen - jung, mit einer markanten Narbe über der linken Augenbraue.

"Hey, Partner." Die Stimme klang wie durch statisches Rauschen, aber unverkennbar Marcus.

Stefan's Finger erstarrten über der Tastatur. "Das ist unmöglich."

"Unmöglich?" Ein verzerrtes Lachen. "Das sagtest du auch damals. Vor dem Zwischenfall."

"Marcus, ich..."

"Spar dir die Entschuldigung." Das digitale Gesicht verzog sich. "Drei Jahre, Stefan. Drei Jahre in der digitalen Dunkelheit."

Stefan griff nach seinem Monokel. Durch das Glas sah er die wahre Form des Phantoms - zerrissen zwischen Realität und Code.

"Es war meine Schuld," seine Stimme war heiser. "Ich hätte auf dich hören sollen."

"Ja, hättest du." Marcus' Bild flackerte. "Aber darum bin ich nicht hier."

"Warum dann?"

"Um dich zu warnen." Die Stimme wurde dringlicher. "Geschichte wiederholt sich, Partner. Der Fall... er ist größer als damals."

Stefan lehnte sich vor. "Was weißt du?"

"Nicht viel. Die Schatten... sie lassen mich nicht nah genug ran." Marcus' Bild verzerrte sich. "Aber sie sammeln sich. Wie damals. Nur... hungriger."

"Wer sind 'sie'?"

"Die anderen. Die Verlorenen. Die..." Statisches Rauschen unterbrach ihn. "Keine Zeit. Pass auf sie auf, Stefan."

"Sie? Sophie?"

Ein schwaches Lächeln. "Du warst schon immer schlecht darin, dein Herz zu verstecken."

Die Bildschirme begannen zu flackern, das Bild löste sich auf.

"Marcus, warte!"

"Sei vorsichtiger als ich," die Stimme verblasste. "Und Stefan? Es war nicht deine Schuld. Nicht alles davon."

Das Bild verschwand. Zurück blieb nur das leise Summen der Computer.

Stefan starrte auf sein Spiegelbild im schwarzen Bildschirm. Seine Hand berührte unbewusst die eigene Narbe über der Augenbraue - ein perfektes Gegenstück zu Marcus'.

Die Vergangenheit war nie wirklich vergangen. Sie wartete nur in den digitalen Schatten.

Sophies Apartment lag im Halbdunkel, nur erhellt vom blauen Schein ihres Laptops. Sie saß im Schneidersitz auf dem Sofa, umgeben von Notizen und leeren Kaffeetassen.

"Das ist unmöglich," ihre Stimme zitterte. "Der Blog... er war gelöscht. Seit Jahren."

Stefan, der neben ihr saß, beugte sich vor. "Was genau siehst du?"

"Neue Einträge. Oder... alte?" Sie scrollte durch die Seite. "Das Datum... drei Tage vor ihrem Verschwinden."

*Durchbruch in der Quantenkommunikation. Die Grenzen zwischen Digital und Real verschwimmen. E. ist besorgt, aber ich sehe das Potenzial. Die Symbole sprechen zu uns. - M.K.*

"Mein Vater," flüsterte Sophie. "Das ist seine Schreibweise."

Stefan legte sanft seine Hand auf ihre Schulter. Sie zitterte unter seiner Berührung.

"Hier, noch einer." Sie klickte auf einen weiteren Eintrag.

*Die Theorien bewahrheiten sich. Das Netz ist mehr als Technologie. Es ist ein lebender Organismus. Ein Portal. M. verliert sich in den Berechnungen. Ich habe Angst. - E.K.*

"Mama," Sophies Stimme brach. "Sie wusste es. Sie wusste, dass etwas nicht stimmte."

Der letzte Eintrag war anders. Kryptischer.

*Sie kommen. Die Schatten zwischen den Welten. Sophia, wenn du das liest... Vergib uns. Wir hatten keine Wahl. Die Geschichte muss erzählt werden. - M&E.K.*

Sophie schlug den Laptop zu, ihre Hände zitterten unkontrolliert.

"Hey," Stefan zog sie in seine Arme. "Ich bin hier."

"Sie wussten es," schluchzte sie gegen seine Brust. "All die Jahre... sie wussten, was passieren würde."

Er strich ihr sanft durchs Haar, während ihr Körper von Schluchzern geschüttelt wurde.

"Warum?" ihre Stimme klang so verloren. "Warum haben sie mich nicht gewarnt?"

"Vielleicht wollten sie dich schützen."

"Vor was?" Sie sah zu ihm auf, ihre Augen rot vom Weinen. "Was war so wichtig, dass sie..."

Er küsste ihre Tränen weg, hielt sie fest, als könnte er sie vor der Wahrheit beschützen.

"Wir werden es herausfinden," flüsterte er. "Zusammen."

Sie schmiegte sich enger an ihn, suchte Halt in seiner Wärme.

"Versprich mir etwas," ihre Stimme war kaum hörbar.

"Alles."

"Verlass mich nicht. Nicht wie sie."

Er zog sie noch enger an sich. "Niemals."

Der Laptop summte leise im Dunkeln, wie ein geduldiger Wächter. Die Wahrheit wartete in den digitalen Schatten. Aber für diesen Moment brauchte Sophie keine Wahrheit.

Sie brauchte nur ihn.

## Kapitel 9

"Das ist kein Angriff," Klaus' Finger flogen über die Tastatur. "Das ist eine verdammte Invasion!"

Die Kontrollzentrale der Abteilung 15-K glich einem digitalen Schlachtfeld. Alle Bildschirme flackerten wild, zeigten verzerrte Gesichter und tanzende Symbole.

"Die Firewall hält nicht!" Mia arbeitete an einer zweiten Konsole. "Sie kommen durch alle Ebenen!"

"Unmöglich," Klaus aktivierte weitere Verteidigungsprotokolle. "Das System ist hermetisch..."

Ein ohrenbetäubendes Kreischen unterbrach ihn. Sein alter Monitor Karl explodierte in einem Funkenregen.

"Karl!" Klaus sprang auf. "Nein, nein, nein..."

"Fokussier dich!" Mia's Stimme schnitt durch das Chaos. "Wir verlieren die Kontrolle über den Ostflügel!"

Die digitalen Schatten sickerten durch die Wände wie schwarzes Quecksilber. Gesichter formten sich darin - verzerrte, schreiende Gesichter.

"Sie greifen die Archive an," Klaus projizierte eine Systemübersicht. "Alle sensiblen Daten..."

"Ich kümmere mich drum!" Mia's Finger tanzten über ihre Tastatur. "Du sicherst die Hauptsysteme!"

Die Temperatur im Raum fiel rapide. Ihr Atem bildete kleine Wolken in der Luft.

"Das ist kein normaler Angriff," murmelte Klaus. "Es ist, als würden sie... suchen."

"Wonach?"

"Keine Ahnung, aber..." Er stockte. "Warte mal. Diese Muster..."

Die Schatten begannen sich zu organisieren, formten komplexe geometrische Strukturen.

"Sie bilden ein Netzwerk!" Klaus' Augen weiteten sich. "Ein neurales Netzwerk!"

Mia tippte fieberhaft. "Die Verteidigung im Ostflügel ist wieder online."

"Gut gemacht!" Klaus öffnete neue Fenster. "Jetzt müssen wir nur noch..."

Ein neues Kreischen erfüllte den Raum. Alle Bildschirme zeigten plötzlich dasselbe Symbol - ein pulsierendes, unmögliches Zeichen.

"Oh Scheiße," flüsterte Klaus.

Die digitalen Schatten verdichteten sich, nahmen Form an. Ein Gesicht erschien auf allen Bildschirmen gleichzeitig.

*"Öffnet die Tore,"* hallte eine verzerrte Stimme durch die Lautsprecher. *"Lasst uns herein."*

"Niemals!" Klaus aktivierte das letzte Verteidigungsprotokoll.

*"Ihr könnt uns nicht ewig aussperren. Wir sind bereits hier. Wir waren immer hier."*

Die Systeme überlasteten einer nach dem anderen. Funken sprühten aus den Konsolen.

"Klaus!" Mia's Stimme klang panisch. "Der Hauptserver..."

Eine massive Energiewelle durchflutete den Raum. Alle Lichter erloschen.

In der plötzlichen Dunkelheit leuchteten nur noch die Symbole auf den Bildschirmen. Sie pulsierten wie ein krankes Herz.

"Was jetzt?" flüsterte Mia.

Klaus starrte auf die tanzenden Zeichen. "Jetzt? Jetzt beten wir, dass Viktor einen Plan hat."

Die digitalen Schatten krochen weiter durch die Systeme der Abteilung 15-K. Und irgendwo in den Tiefen des Codes wartete etwas. Etwas Hungriges.

Die wahre Schlacht hatte gerade erst begonnen.

※

Hannah Schneider stand vor der Tür zu Viktors Büro, ihre Hand zögerte über dem Türgriff. Die seltsamen Geräusche von drinnen - ein tiefes Grollen, das definitiv nicht menschlich klang - ließen sie innehalten.

"Viktor?" Sie klopfte leise. "Bist du..."

Das Grollen verstummte abrupt. "Nicht jetzt, Hannah."

Seine Stimme klang rauer als sonst, fast wie ein Knurren. Sie biss sich auf die Lippe, zog ihr Tablet hervor. Die Energiemessungen waren beunruhigend.

"Ich habe die Morgendaten," sie versuchte, professionell zu klingen. "Die Werte sind..."

"Später."

Sie ignorierte ihn, öffnete die Tür einen Spalt. "Es ist wichtig. Die Resonanzmuster zeigen..."

Sie stockte. Das Büro lag im Halbdunkel, die Jalousien geschlossen. Viktor stand am Fenster, eine massive Silhouette gegen das gedämpfte Licht.

"Ich sagte: Später." Er drehte sich nicht um.

Hannah trat trotzdem ein, ihr wissenschaftlicher Instinkt stärker als ihre Vorsicht. "Die Transformation beschleunigt sich, nicht wahr?"

Ein tiefes Seufzen. "Du warst schon immer zu aufmerksam für dein eigenes Wohl."

"Lass mich helfen," sie machte einen Schritt auf ihn zu. "Die Daten zeigen..."

"Nein." Seine Stimme war sanft, aber bestimmt. "Das ist mein Kampf."

"Unsinn," sie aktivierte ihre Messgeräte. "Die biometrischen Werte sind alarmierend. Die neurale Aktivität..."

Viktor drehte sich um. Im Halbdunkel glühten seine Augen unnatürlich. "Hannah. Bitte."

Sie erstarrte, aber nicht aus Angst. "Oh, Viktor..."

Die Messgeräte piepten wild. Die Energie im Raum veränderte sich, wurde dichter, älter.

"Du musst gehen," er wandte sich wieder ab. "Jetzt."

"Nein." Sie trat näher, ignorierte die Warnsignale ihrer Instrumente. "Nicht diesmal."

Ihre Hand berührte seinen Arm. Er zuckte zusammen, aber zog sich nicht zurück.

"Es wird schlimmer," seine Stimme war kaum mehr als ein Flüstern. "Mit jedem Tag."

"Ich weiß." Sie begann Daten zu sammeln, diskret aber gründlich. "Lass mich wenigstens dokumentieren..."

"Wozu?" Ein bitteres Lachen. "Um zu sehen, wie ich meine Menschlichkeit verliere?"

"Um einen Weg zu finden, sie zu bewahren."

Er schwieg lange. Die Schatten im Raum schienen sich zu bewegen, zu atmen.

"Du gibst nie auf, oder?" Ein Hauch von Zärtlichkeit in seiner Stimme.

"Niemals." Sie lächelte, während sie weitere Messungen vornahm. "Das ist wissenschaftlich unmöglich."

Das Tablet in ihrer Hand sammelte Daten, zeichnete Muster auf, die kein normales Gerät erfassen sollte. Beweise einer Transformation, die die Grenzen der Realität verschob.

Aber wichtiger waren die Daten, die kein Gerät messen konnte: Der Weg, wie er sich zu ihr neigte, fast unmerklich. Die Menschlichkeit in seinen Augen, trotz ihres übernatürlichen Glühens.

Die Wahrheit wartete in den Schatten. Aber für jetzt war dies genug - zwei Menschen im Halbdunkel, verbunden durch mehr als Wissenschaft.

Die Transformation schritt voran. Aber sie würde einen Weg finden, ihn zu retten.

Das war keine wissenschaftliche Hypothese. Das war ein Versprechen.

❦

Die verlassene Kirche St. Michael im Industriegebiet hatte bessere Zeiten gesehen. Jetzt standen nur noch die steinernen Außenmauern, während das Innere zu einer bizarren Mischung aus Sakralbau und Rechenzentrum umgebaut worden war.

"Irgendwie... blasphemisch," murmelte Stefan, während er mit der Taschenlampe die alten Serverracks beleuchtete. "Ein Tempel der Technologie in einer Kirche."

"Oder poetisch," Sophie bewegte sich zwischen den Reihen, ihre Kamera klickte leise. "Die Verschmelzung von alt und neu."

Die Server summten leise - unmöglich bei einem verlassenen Gebäude.

"Sie laufen noch," Stefan zog sein Monokel hervor. "Nach all den Jahren."

"Nicht nur das," Sophie deutete auf die Wände. Alte Symbole waren in den Stein gemeißelt, pulsierten schwach im Rhythmus der Server. "Sie... leben."

Ihre Schritte hallten durch den gewölbten Raum. Wo einst der Altar stand, thronte nun eine massive Computerkonsole, umgeben von Bildschirmen.

"Der Hauptserver," Stefan trat näher. "Sieh dir die Architektur an. Das ist..."

"Uralt," Sophie berührte vorsichtig das Material. "Diese Komponenten... die gab es noch gar nicht, als das gebaut wurde."

Ein leises Surren erfüllte den Raum. Die Server reagierten auf ihre Anwesenheit.

"Stefan?" Sophie's Stimme zitterte leicht. "Die Symbole..."

Die Zeichen an den Wänden bewegten sich, formten neue Muster. Die Luft wurde schwer von Elektrizität.

"Nicht anfassen," er zog sie sanft zurück. "Lass uns..."

Ein Bildschirm flackerte zum Leben. Alte Protokolle scrollten über den Screen.

*PROJEKT ASCENSION PHASE 1: INITIIERT KONVERGENZ: 67%*

"Was zum..." Sophie machte Fotos von den Daten.

Plötzlich erloschen alle Displays. Die Symbole erstarrten.

"Zeit zu gehen," Stefan griff nach ihrer Hand.

"Aber die Daten..."

"Sophie." Seine Stimme war ernst. "Sieh nach oben."

Die alten Kirchenfenster spiegelten nicht länger Mondlicht. In ihnen tanzten Schatten, formten Gesichter.

Sie rannten durch die Serverreihen, während hinter ihnen die Maschinen zum Leben erwachten. Ein tiefer, pulsierender Ton erfüllte den Raum - wie ein uraltes Herz, das wieder zu schlagen beginnt.

Draußen, in der relativen Sicherheit von Stefans Wagen, starrten sie auf das Gebäude.

"Das war..." Sophie checkte ihre Kamera.

"Ein Anfang," Stefan startete den Motor. "Oder ein Ende."

Die Kirche ragte dunkel gegen den Nachthimmel. In ihren Fenstern tanzten noch immer die Schatten.

Die Geschichte war älter als sie dachten. Und sie hatte gerade erst begonnen.

Sophies Apartment lag im sanften Mondlicht, die Skyline Münchens glitzerte durch die großen Fenster. Der Laptop auf dem Couchtisch projizierte noch immer die Bilder aus der Kirche, aber weder Stefan noch Sophie achteten darauf.

"Du zitterst immer noch," Stefan zog sie enger an sich.

"Nicht vor Kälte," sie schmiegte sich in seine Arme. "Es ist nur... was wir dort gesehen haben. Diese Verbindung zwischen Technologie und..."

"Etwas Älterem?"

"Ja." Sie drehte sich zu ihm um. "Stefan, was wenn... was wenn wir zu tief graben?"

Seine Hand strich sanft über ihre Wange. "Dann graben wir zusammen."

Sie küsste ihn, anders als zuvor - verzweifelt, hungrig, als könnte sie in ihm Antworten finden.

Er erwiderte den Kuss mit gleicher Intensität, zog sie auf seinen Schoß. Ihre Hände fanden einander, verschränkten sich wie ein Versprechen.

"Ich habe Angst," flüsterte sie gegen seine Lippen. "Nicht vor dem, was wir finden. Sondern davor, was es mit uns macht."

"Mit uns?" Seine Stimme war rau.

"Ich kann nicht noch jemanden verlieren." Tränen glitzerten in ihren Augen. "Nicht wie meine Eltern. Nicht wie..."

Er unterbrach sie mit einem Kuss, tief und bedeutungsvoll. "Du wirst mich nicht verlieren."

Ihre Körper fanden einander wie Puzzleteile. Jede Berührung eine Bestätigung des Lebens, der Realität.

"Versprich es," hauchte sie zwischen Küssen.

"Ich verspreche es." Seine Lippen wanderten ihren Hals hinab. "Mit allem, was ich bin."

Sie verloren sich ineinander, ihre Bewegungen ein perfekter Tanz. Als wären sie füreinander geschaffen, zwei Teile eines größeren Ganzen.

Später lagen sie eng umschlungen, ihre Körper vom Mondlicht gestreichelt.

"Was denkst du?" Stefan strich durch ihr Haar.

"Dass ich noch nie jemandem so vertraut habe." Sie zeichnete Muster auf seine Brust. "Es macht mir Angst."

"Warum?"

"Weil..." Sie hob den Kopf, sah ihm in die Augen. "Weil es sich anfühlt wie Bestimmung. Als hätte das Universum uns zusammengeführt."

Er küsste ihre Stirn. "Vielleicht hat es das."

"Der rationale Ermittler glaubt an Schicksal?"

"Der rationale Ermittler glaubt an dich."

Sie schmiegte sich enger an ihn, ihre Körper perfekt ineinander verschmolzen.

"Was auch kommt," flüsterte sie, "wir stehen es zusammen durch."

"Zusammen," bestätigte er, zog sie in einen weiteren Kuss.

Draußen pulsierte die Stadt im Rhythmus der Nacht. Aber hier, in diesem Moment, existierte nur ihre gemeinsame Wärme, ihr geteilter Herzschlag.

Die Dunkelheit mochte warten. Aber sie waren nicht länger allein.

# Kapitel 10

"Das ist statistisch unmöglich," murmelte Klaus, während er durch die Protokolle scrollte. Der blaue Bildschirmschimmer ließ sein Gesicht geisterhaft erscheinen in der nächtlichen Stille des Labors.

Seine Finger tippten einen komplexen Code. Neue Fenster öffneten sich, zeigten Datentransfer-Logs der letzten Wochen.

"Komm schon, zeig dich," er lehnte sich näher an den Monitor. "Wo ist dein Muster?"

Karl, sein alter Röhrenmonitor, flackerte unruhig. Die Energiesignaturen der ausgehenden Daten bildeten ein seltsames Muster.

"Das ist..." Klaus' Augen weiteten sich. "Oh. Oh nein."

Er aktivierte ein spezielles Tracking-Programm. Die Datenströme visualisierten sich als dreidimensionales Netzwerk.

"Clever," er pfiff leise. "Sehr clever. Versteckt in den Routineprotokollen."

Ein leises Knarren ließ ihn herumfahren. Das Labor war leer.

"Paranoid, Klaus," er schüttelte den Kopf. "Du wirst paranoid."

Trotzdem aktivierte er zusätzliche Sicherheitsprotokolle. Seine eigenen, die niemand sonst kannte.

Die Analyse zeigte es deutlich: Jemand hatte systematisch Informationen kopiert. Forschungsdaten, Personalakten, Einsatzprotokolle.

"Die Frage ist nur..." Er projizierte eine Liste der Zugriffsberechtigten. "Wer von uns?"

Sein Telefon vibrierte. Eine Nachricht von Stefan: *"Neue Erkenntnisse aus der Kirche. Komm sofort."*

Klaus zögerte. Dann kopierte er die Logs auf einen speziellen, isolierten Server.

"Tut mir leid, Freunde," murmelte er. "Aber ab jetzt vertraue ich niemandem."

Er löschte seine Spuren, schaltete die Systeme in den Standby-Modus.

Als er das Labor verließ, spiegelten die dunklen Monitore für einen Moment fremde Schatten.

Die Jagd hatte eine neue Dimension erreicht. Diesmal innerhalb der eigenen Reihen.

※

"Das ist nicht verhandelbar, Zimmermann!" Bauers Stimme hallte durch Viktors Büro. "Der Minister will den Laden dicht sehen. Heute noch!"

Viktor stand am Fenster, seine massive Gestalt wie eine dunkle Silhouette gegen das Morgenlicht. Seine Finger krampften sich um den Fensterrahmen.

"Sie wissen nicht, womit Sie spielen, Alexander."

"Oh, ich weiß genau, womit ich spiele." Bauer trat näher, ein siegessicheres Lächeln auf den Lippen. "Mit überteuerten Fantastereien. Mit Steuergeldverschwendung. Mit..."

"Mit Menschenleben," Viktors Stimme wurde tiefer, grollender.

"Leben?" Bauer lachte kurz. "Ein paar tote Influencer? Das nennen Sie Leben?"

Ein tiefes Knurren erfüllte den Raum. Der Fensterrahmen unter Viktors Fingern begann zu splittern.

"Vorsicht, Zimmermann," Bauers Lächeln wurde kälter. "Ihre... Kondition. Sie sollten sie besser unter Kontrolle halten."

Viktor drehte sich langsam um. Seine Augen glühten in einem unnatürlichen Amber.

"Sie drohen mir?"

"Ich erinnere Sie nur an Ihre Position." Bauer zog einen Umschlag hervor. "Die endgültige Verfügung. Ab sofort ist 15-K aufgelöst."

"Nein."

"Wie bitte?"

"Ich sagte: Nein." Viktor trat vor, jede Bewegung kontrollierte Kraft. "Solange ich atme, wird diese Abteilung nicht geschlossen."

Die Temperatur im Raum schien zu fallen. Schatten tanzten an den Wänden.

"Sie haben keine Wahl," Bauer wich unwillkürlich zurück. "Der Minister..."

"Der Minister wird warten müssen." Viktors Stimme war kaum mehr menschlich. "Bis wir fertig sind."

"Das... das ist Befehlsverweigerung!"

"Nein, Alexander." Viktor stand jetzt direkt vor ihm. "Das ist Überlebensinstinkt."

Bauer starrte in die glühenden Augen, sein Selbstvertrauen bröckelte.

"Sie können uns nicht aufhalten," flüsterte er. "Es ist bereits in Bewegung."

"Uns?" Viktor neigte den Kopf. "Interessante Wortwahl."

Ein Moment der Spannung. Dann wandte sich Bauer zur Tür.

"Sie werden davon hören," seine Hand zitterte am Türgriff. "Sehr bald."

Als die Tür ins Schloss fiel, erlaubte sich Viktor ein tiefes Grollen. Die Schatten im Raum verdichteten sich, tanzten um ihn herum wie hungrige Wölfe.

Er griff nach seinem Telefon, wählte eine Nummer.

"Hannah? Wir haben ein Problem."

Die Transformation pochte unter seiner Haut wie ein zweites Herz. Aber noch war Zeit.

Noch.

Der Serverraum von NightTales pulsierte im Rhythmus digitaler Herzschläge. Dr. Hannah Schneider bewegte sich vorsichtig zwischen den Reihen, ihre Messgeräte leise summend.

"Faszinierend," murmelte sie, während ihre Instrumente unmögliche Werte anzeigten. "Diese Energiesignaturen..."

Ihre Aufmerksamkeit wurde von einem schwachen Leuchten angezogen. In einer Nische, zwischen modernster Technik, stand etwas, das dort nicht hingehörte: ein antik aussehender Kristall in einer Metallhalterung.

"Das kann nicht..." Sie trat näher, ihre Instrumente piepten wild.

"Beeindruckend, nicht wahr?" Heinrich Schwarz' Stimme ließ sie zusammenzucken. "Der Schlüssel zur Transformation."

Er stand im Türrahmen, elegant wie immer in seinem maßgeschneiderten Anzug.

"Wie lange beobachten Sie mich schon?"

"Lang genug um zu wissen, dass Sie verstehen, was Sie sehen." Er trat näher. "Eine brillante Wissenschaftlerin wie Sie..."

"Sparen Sie sich die Schmeicheleien." Ihre Hand umklammerte ihre Messgeräte. "Was ist das?"

"Eine Brücke." Er lächelte sanft. "Zwischen den Welten. Zwischen Wissenschaft und Magie."

Die Luft knisterte vor Energie. Der Kristall pulsierte stärker.

"Sie wollen Viktor helfen, nicht wahr?" Seine Stimme wurde weicher. "Seine... Kondition stabilisieren?"

Hannah erstarrte. "Woher..."

"Ich weiß vieles, Dr. Schneider." Er deutete auf den Kristall. "Und ich könnte Ihnen helfen."

"Zu welchem Preis?"

"Einem sehr geringen." Er trat näher. "Ihre Expertise. Ihre Brillanz. Für seine Rettung."

Der Kristall sang leise, eine hypnotische Melodie.

"Sie könnten ihn heilen," Schwarz' Stimme war wie Samt. "Ihn vor sich selbst retten."

Hannah starrte auf den Kristall. Die Energie darin... sie war genau das, wonach sie gesucht hatte.

"Ich..." Sie schluckte.

"Nehmen Sie ihn." Er lächelte väterlich. "Betrachten Sie es als... wissenschaftliches Geschenk."

Ihre Hand bewegte sich wie von selbst zum Kristall.

"Für Viktor," flüsterte sie.

Die Energie im Raum verdichtete sich. Der Moment der Entscheidung dehnte sich.

Und Hannah traf ihre Wahl.

---

"Das ist ein interessanter Code," Klaus lehnte sich über Mias Schulter, betrachtete ihre Arbeit am Hauptterminal. "Ein neues Sicherheitsprotokoll?"

"Gewissermaßen." Mias Finger tanzten über die Tastatur. Ihre bunten Haarsträhnen verbargen ihr Gesicht. "Eine... Optimierung."

Die Monitore um sie herum flackerten synchron. Ein leises Summen erfüllte den Raum.

"Mia?" Klaus' Stimme wurde ernst. "Was tust du da?"

"Was getan werden muss." Sie drückte Enter. "Es tut mir leid, Klaus."

Alle Bildschirme erloschen gleichzeitig. Als sie wieder auflebten, pulsierten fremde Symbole durch die Systeme.

"Nein!" Klaus sprang zu seiner Konsole. "Das ist..."

"Ein Quantenvirus," Mia stand langsam auf. "Er überschreibt eure Firewalls. Alle davon."

"Warum?" Er hämmerte verzweifelt Befehle in die Tastatur. "Wir haben dir vertraut!"

"Vertrauen," sie lachte bitter. "In dieser Welt? Zwischen den Welten?"

Die Systeme begannen zu kollabierten, einer nach dem anderen. Digitale Schatten krochen durch die Wände.

"Du verstehst es nicht," Mia trat zurück, während der Virus sich ausbreitete. "Das hier ist größer als wir alle."

"Dann erklär es mir!" Klaus' Stimme brach. "Wir sind ein Team, verdammt!"

"Waren," korrigierte sie sanft. "Wir waren ein Team."

Die Notfallsirenen heulten los. Rotes Licht flutete den Raum.

"Sie kommen," Mia lächelte seltsam. "Die wahren Wächter der digitalen Grenze."

"Mia, bitte..." Klaus machte einen Schritt auf sie zu. "Wir können das noch stoppen."

"Nein," ihre Augen glänzten unnatürlich. "Wir können es nur vollenden."

Die Schatten verdichteten sich, formten unmögliche Gestalten. Der Code an den Wänden begann zu leben.

"Es war schön," flüsterte sie. "Diese Zeit mit euch. Fast wie eine echte Familie."

"Mia!"

Aber sie war bereits in den Schatten verschwunden. Zurück blieben nur die kollabierenden Systeme und Klaus' gebrochenes Vertrauen.

Die Dunkelheit stieg auf, digital und real zugleich. Und irgendwo in den Tiefen des Codes begann etwas zu erwachen.

Die wahre Schlacht hatte begonnen.

## Kapitel 11

Die Abteilung 15-K verwandelte sich in ein Schlachtfeld aus Licht und Schatten. Notfallsirenen heulten, während digitale Phantome durch die Wände krochen.

"Status!" Viktor's Stimme donnerte durch das Chaos.

"Alle Systeme fallen!" Klaus arbeitete fieberhaft an mehreren Konsolen gleichzeitig. "Der Virus... er ist überall!"

"Verdammt noch mal!" Stefan zog sein Monokel, während er Sophie durch den Korridor führte. "Die Archive?"

"Versiegelt," Dr. Schneider aktivierte alte Schutzrunen an den Wänden. "Aber sie werden nicht lange halten."

Die digitalen Schatten verdichteten sich, nahmen Form an. Gesichter aus purem Code schrien aus den Wänden.

"Das sind nicht nur Phantome," Sophie richtete ihre modifizierte Kamera auf die Erscheinungen. "Sie haben... Muster."

"Formation Delta!" Viktor dirigierte sein Team. "Klaus, Notfallprotokolle! Hannah, Energiebarrieren! Stefan, Sophie - sichert den Hauptserver!"

Ein ohrenbetäubendes Kreischen erfüllte den Raum. Alle Bildschirme explodierten gleichzeitig in einem Regen aus Glas und Funken.

"Sie brechen durch!" Klaus' Finger flogen über die Backup-Tastatur. "Die Firewall..."

"Halt sie auf!" Viktor's Augen glühten im Chaos. "Egal wie!"

Sophie griff nach Stefans Hand. "Die Symbole... sie bilden ein Muster!"

"Was für ein Muster?"

Bevor sie antworten konnte, durchbrach eine massive Energiewelle die letzte Verteidigung. Die Temperatur stürzte ab.

"Rückzug!" Viktor's Stimme schnitt durch die Kälte. "Sofort!"

Das Team zog sich in den inneren Kreis zurück. Dr. Schneider aktivierte uralte Schutzzeichen, die in den Boden eingelassen waren.

"Was wollen sie?" Sophie's Atem bildete Wolken in der eisigen Luft.

"Uns," Klaus starrte auf seine letzten funktionierenden Monitore. "Sie wollen uns."

Die digitalen Phantome kreisten um sie herum, ihre Gesichter verzerrt in unmöglichen Ausdrücken.

"Haltet die Stellung!" Viktor stand im Zentrum des Chaos wie ein Fels in der Brandung. "Was auch kommt..."

Ein neues Kreischen zerriss die Luft. Die Phantome begannen einen gespenstischen Tanz.

"Oh Gott," flüsterte Dr. Schneider. "Sie synchronisieren sich."

Die digitale Flut stieg an, eine Welle aus lebendigen Albträumen.

Das Team stand Rücken an Rücken, umgeben von tanzenden Schatten und sterbender Technologie.

Die Nacht war noch lang. Und der Sturm hatte gerade erst begonnen.

---

Das alte Labor unter der Brauerei war ihr letzter Zufluchtsort. Hannah beobachtete, wie Viktor gegen die Transformation kämpfte, seine massive Gestalt im Schatten der flackernden Notbeleuchtung.

"Lass mich dir helfen," ihre Stimme war sanft, während sie neue Messwerte aufnahm. "Die Energiesignaturen sind instabil, aber wenn wir..."

"Nein," er wich vor ihr zurück, seine Stimme ein tiefes Grollen. "Zu gefährlich."

"Unsinn." Sie trat näher, ignorierte seine abwehrende Haltung. "Ich habe dich noch nie gefürchtet, Viktor. Ich werde jetzt nicht damit anfangen."

Seine Augen glühten amber im Halbdunkel. "Du solltest."

"Warum?" Sie legte ihre Instrumente beiseite. "Weil du dich veränderst? Weil du anders bist?"

Ein schmerzhaftes Lachen entkam ihm. "Weil ich ein Monster werde."

"Nein." Sie griff nach seiner Hand, ignorierte das leichte Zittern. "Du bleibst du. Egal was passiert."

Die Luft zwischen ihnen knisterte vor Energie. Seine Hand war unnormal warm in ihrer.

"Hannah..." Seine Stimme war rau. "Ich kann nicht..."

"Doch, du kannst." Sie trat noch näher. "Wir finden einen Weg. Zusammen."

Seine freie Hand strich über ihre Wange, vorsichtig, als könnte er sie zerbrechen. "Warum bleibst du?"

"Das weißt du." Ihre Augen trafen seine. "Das weißt du schon lange."

Die Transformation pulsierte unter seiner Haut wie ein zweites Herz. Seine Finger zitterten an ihrer Wange.

"Ich sollte dich wegschicken," flüsterte er. "Dich beschützen vor..."

Sie küsste ihn. Ein verzweifelter, leidenschaftlicher Kuss, der all die unausgesprochenen Jahre zwischen ihnen überbrückte.

Für einen Moment vergaß er die Transformation, die Gefahr, alles außer ihr.

Als sie sich lösten, lehnte sie ihre Stirn gegen seine. "Ich gehe nirgendwohin."

"Hannah..."

"Nein." Sie lächelte unter Tränen. "Du bist nicht allein in diesem Kampf. Verstehst du? Nicht mehr."

Die Monitore um sie herum piepten Warntöne. Die Transformation wurde stärker.

Aber hier, in diesem Moment zwischen den Welten, hielten sie sich fest. Ein Anker in der digitalen Flut.

"Ich liebe dich," flüsterte sie. "Das Monster in dir ändert daran nichts."

Seine Antwort war ein weiterer Kuss, verzweifelt und zärtlich zugleich.

Die Nacht war noch nicht vorbei. Der Sturm tobte weiter.

Aber sie hatten einander. Vielleicht war das genug.

※

Der blaue Schein der Notfallsysteme tauchte Klaus' Arbeitsplatz in gespenstisches Licht. Seine Finger flogen über die Tastaturen mehrerer Backup-Terminals gleichzeitig.

"Komm schon, Marcus," murmelte er. "Wo bist du?"

Als Antwort flackerte sein alter Monitor Karl zum Leben. Das vertraute Gesicht des Geister-Hackers formte sich aus dem Rauschen.

*"Sys...teme... kompromittiert..."* Die Stimme klang wie durch statisches Rauschen. *"Tiefer... als gedacht..."*

"Wie tief?" Klaus projizierte Systemdiagramme in die Luft.

*"Überall..."* Marcus' digitales Gesicht verzerrte sich. *"Der Virus... ist lebendig..."*

Neue Datenströme erschienen auf den Bildschirmen. Klaus' Augen weiteten sich.

"Das ist unmöglich," er scrollte durch die Logs. "Das Virus hat sich in die Grundstruktur eingenistet. Es... es verändert den Quellcode selbst."

*"Nicht... verändern..."* Marcus' Bild flackerte. *"Erwecken..."*

Die Systeme begannen zu pulsieren, wie ein krankes Herz. Fremde Symbole tanzten durch den Code.

"Die Firewall?" Klaus aktivierte neue Verteidigungsprotokolle.

"*Nutzlos...*" Ein verzerrtes Lachen. "*Man kann nicht aufhalten... was bereits hier war...*"

"Was meinst du damit?"

Statt einer Antwort explodierten die Datenströme in neue Muster. Klaus starrte auf die sich entfaltende digitale Struktur.

"Das ist... das ist ein neuronales Netzwerk!" Seine Finger flogen über die Tastatur. "Aber die Architektur..."

"*Älter...*" Marcus' Stimme wurde schwächer. "*Viel älter...*"

Die Bildschirme zeigten nun eine sich ständig verändernde digitale Landschaft. Wie ein lebender Organismus.

"Wie stoppen wir es?"

"*Nicht stoppen...*" Das Geistergesicht begann zu verblassen. "*Nur... umleiten...*"

"Marcus, warte! Was..."

Aber der Geist-Hacker war verschwunden. Zurück blieben nur die pulsierenden Systeme und eine erschreckende Erkenntnis:

Sie kämpften nicht gegen einen Virus. Sie kämpften gegen etwas, das schon immer da war. Wartend. Hungernd. Erwachend.

※

Die Server-Katakomben unter der Abteilung waren ein Labyrinth aus summender Technologie. Stefan und Sophie folgten Mias digitalen Spuren, ihre Schritte hallten auf dem Metallboden.

"Da!" Sophie deutete auf einen flackernden Bildschirm. Mias Silhouette verschwand um die nächste Ecke.

Plötzlich erloschen alle Lichter. Die Dunkelheit war absolut.

"Stefan?" Sophie griff nach seiner Hand.

"Hier." Er zog sein Monokel hervor. "Etwas stimmt nicht..."

Die Luft begann zu flimmern. Digitale Partikel tanzten um sie herum wie leuchtender Schnee.

"Oh Gott," flüsterte Sophie. "Das ist..."

Die Realität zersplitterte. Sie fielen in einen Ozean aus reinem Code.

Als die Welt sich wieder formte, standen sie in einem unmöglichen Raum. Wände aus fließenden Daten, Boden aus pulsierenden Symbolen.

"Willkommen," Mias Stimme hallte von überall. "In meiner Welt."

Digitale Schatten lösten sich von den Wänden, nahmen dämonische Formen an.

"Sophie," Stefan zog sie näher. "Deine Kamera."

Sie aktivierte die modifizierten Sensoren. Die Kamera surrend, versuchte die digitalen Entitäten zu erfassen.

Die Dämonen griffen an. Stefan schwang sein Monokel wie eine Waffe, schnitt durch den ersten Schatten.

Sophie fing die Fragmente mit ihrer Kamera ein, transformierte sie in unschädlichen Code.

Sie bewegten sich wie ein eingespieltes Team. Rücken an Rücken. Seine Kraft, ihre Technik.

"Beeindruckend," Mias Stimme klang amüsiert. "Aber nutzlos."

Neue Wellen von Dämonen erschienen. Die virtuelle Realität verzerrte sich um sie herum.

"Stefan!" Sophie griff seine Hand. "Zusammen!"

Er verstand. Sie verschmolzen ihre Techniken - sein Monokel, ihre Kamera. Licht und Schatten tanzten.

Die digitalen Dämonen kreischten, als die kombinierte Energie sie traf.

"Unmöglich," flüsterte Mia.

Die virtuelle Realität begann zu bröckeln. Risse erschienen in der Codewelt.

"Festhalten!" Stefan zog Sophie an sich, während die digitale Welt kollabierte.

Sie fielen zurück in die Realität. Landeten hart auf dem Metallboden der Server-Katakomben.

Mia war verschwunden. Aber die Luft knisterte noch von digitaler Energie.

"Das war..." Sophie atmete schwer.

"Erst der Anfang," vollendete Stefan.

Sie hielten sich noch immer fest. Ein Anker in beiden Realitäten.

Der Sturm war noch nicht vorbei.

## Kapitel 12

Der Sommermorgen war perfekt. Zu perfekt.

Die elfjährige Sophie stand in der Küche des Münchner Apartments, starrte auf den gedeckten Frühstückstisch. Kaffeetassen dampften noch. Die Zeitung lag aufgeschlagen neben einem halb gegessenen Croissant.

"Mama?" Ihre Stimme hallte unnatürlich in der leeren Wohnung. "Papa?"

Das Arbeitszimmer ihrer Eltern war ein Chaos aus Papieren und surrenden Computern. Seltsame Symbole bedeckten die Whiteboards an den Wänden.

"Das verstehe ich nicht," murmelte ihr Vater Michael auf dem letzten Video der Überwachungskamera. "Die Resonanzen... sie sind zu stark."

"Die Barriere bricht," ihre Mutter Elisabeth tippte hektisch auf mehreren Tastaturen. "Michael, wir müssen..."

Statisches Rauschen. Dann Dunkelheit.

Das war vor dreizehn Jahren.

Sophie stand wieder in diesem Zimmer, jetzt eine erwachsene Frau. Stefan neben ihr.

"Hier," sie deutete auf die verblichenen Symbole an den Wänden. "Die gleichen wie bei NightTales."

Stefan studierte die alten Notizen durch sein Monokel. "Sie wussten es."

"Ja." Sophie berührte sanft den verstaubten Bildschirm. "Sie forschen an der Schnittstelle zwischen Welten. Die 'Digitale Transformation' nannten sie es."

Alte Dokumente lagen noch immer verstreut. Theorien über Quantenresonanz. Pläne für unmögliche Maschinen.

"Der Durchbruch ist nah," las sie aus dem letzten Tagebucheintrag ihrer Mutter. "Aber der Preis... der Preis ist zu hoch."

"Sophie..." Stefan legte seine Hand auf ihre Schulter.

"Sie sind nicht tot." Ihre Stimme war fest. "Sie sind... irgendwo. Zwischen den Welten."

Ein leises Summen erfüllte den Raum. Die alten Computer erwachten zum Leben.

Auf dem Hauptbildschirm erschien eine Nachricht: *"Die Geschichte wiederholt sich, Sophia. Bist du bereit für dein Erbe?"*

Der Kreis schloss sich. Die Vergangenheit holte sie ein.

Und irgendwo, zwischen den Welten, warteten Antworten.

※

Die Kommandozentrale der Abteilung 15-K lag im Halbdunkel. Das Team versammelte sich um den alten Konferenztisch - Stefan, Sophie, Klaus, Dr. Schneider. Die Spannung war greifbar.

Viktor stand am Kopfende, seine massive Gestalt wie ein Schatten gegen die flackernden Monitore.

"Es begann vor zwanzig Jahren," seine Stimme war tief, resonant. "Ein Experiment an der Schnittstelle zwischen Welten."

"Die erste digitale Transformation," Dr. Schneider sprach leise. Ihre Hand zitterte leicht.

"Wir waren jung. Arrogant." Viktor's Augen glühten in der Dunkelheit. "Wir dachten, wir könnten die Grenzen der Realität neu definieren."

Die Luft knisterte vor unterdrückter Energie.

"Der erste Durchbruch war... spektakulär." Er ballte seine Fäuste. "Und katastrophal."

"Was passierte?" fragte Sophie.

"Die Barriere brach." Viktor wandte sich zum Fenster. "Etwas kam durch. Etwas... Altes."

Klaus' Monitore flackerten, als würden sie auf seine Worte reagieren.

"Es veränderte uns. Jeden, der dem Code zu nahe kam." Ein bitteres Lächeln. "Mich am meisten."

"Die Transformation," flüsterte Dr. Schneider.

Viktor nickte. "Die Regierung wollte es vertuschen. Aber einige von uns wussten - es würde wieder passieren."

"Also gründeten Sie 15-K," Stefan's Hand fand Sophies unter dem Tisch.

"Eine Einheit zwischen den Welten." Viktor drehte sich zu ihnen um. Seine Augen leuchteten nun offen übernatürlich. "Wächter der digitalen Grenze."

"Und jetzt?" Sophie lehnte sich vor. "Mit NightTales?"

"Jetzt..." Viktor's Stimme wurde zu einem Grollen. "Jetzt wiederholt sich die Geschichte. Aber diesmal..."

Die Lichter flackerten. Schatten tanzten an den Wänden.

"Diesmal sind wir bereit," vollendete Dr. Schneider.

Viktor nickte langsam. Um ihn herum verdichteten sich die Schatten, formten unmögliche Muster.

Die Wahrheit war enthüllt. Aber nicht alle Wahrheiten.

Noch nicht.

※

Das digitale Labyrinth der NightTales-Systeme pulsierte auf Klaus' Bildschirmen. Marcus' geisterhaftes Gesicht flackerte zwischen den Codezeilen.

"Das ist der Ursprungscode?" Klaus scrollte durch die endlosen Datenströme.

*"Tiefer..."* Marcus' Stimme knisterte. *"Unter der Oberfläche..."*

Klaus aktivierte spezielle Analyseprotokolle. Die obersten Codeschichten schälten sich weg wie digitale Häute.

"Heilige..." Seine Augen weiteten sich. "Das ist keine normale Programmierung."

*"Älter..."* Marcus' Bild verzerrte sich. *"Viel älter..."*

Der Grundcode enthüllte sich - eine unmögliche Verschmelzung aus Binärsequenzen und uralten Symbolen.

"Es ist wie DNA," Klaus projizierte neue Visualisierungen. "Ein lebender Code."

*"Ein hungriger Code..."* Marcus' digitales Gesicht zeigte Furcht. *"Er wächst... lernt... konsumiert..."*

Die Symbole im Code begannen zu pulsieren, als würden sie auf ihre Beobachtung reagieren.

"Die App ist nur die Oberfläche," Klaus tippte fieberhaft. "Darunter ist etwas... Ursprünglicheres."

*"Ein Portal..."* Marcus' Stimme wurde schwächer. *"Ein Gefängnis..."*

"Wofür?"

Statt einer Antwort explodierten die Bildschirme in neue Datenmuster. Klaus starrte auf die sich entfaltende digitale Architektur.

"Das ist... unmöglich..." Seine Finger zitterten über der Tastatur.

*"Geh nicht zu tief..."* Marcus' Warnung kam zu spät.

Der Code begann zu singen. Eine alte, hungrige Melodie.

Klaus riss sich vom Bildschirm los, Schweiß auf der Stirn.

Die Wahrheit war schlimmer als sie dachten. Viel schlimmer.

※

In Stefans Wohnung tickte leise eine alte Uhr. Durch die Fenster schimmerte das nächtliche München, während er Sophie die Geschichte erzählte, die er so lange verdrängt hatte.

"Es war meine erste große Mission in 15-K," seine Stimme war rau. "Marcus und ich... wir waren zu selbstsicher."

Sophie saß neben ihm auf der Couch, ihre Hand warm in seiner.

"Ein ähnlicher Fall wie jetzt. Digitale Anomalien, verschwundene Menschen." Er berührte unbewusst die Narbe über seiner Augenbraue. "Wir dachten, wir hätten alles unter Kontrolle."

"Was ging schief?"

"Wir fanden einen Server. Tief unter der Stadt." Seine Hand zitterte leicht. "Marcus wollte vorsichtig sein. Ich... ich drängte vorwärts." Die Erinnerungen spiegelten sich in seinen Augen.

"Der Code... er war lebendig. Marcus versuchte mich zu warnen, aber ich..." Seine Stimme brach. "Ein Moment der Unachtsamkeit. Ein falscher Schritt."

Sophie rückte näher, lehnte sich an ihn.

"Es passierte so schnell." Er schloss die Augen. "Diese Schatten... sie rissen ihn einfach weg. Und ich... ich konnte nichts tun."

"Es war nicht deine Schuld."

"Doch." Seine Stimme war bitter. "Ich war sein Partner. Ich hätte..."

Sophie nahm sein Gesicht in ihre Hände, zwang ihn, sie anzusehen. "Hör mir zu," ihre Stimme war sanft, aber bestimmt. "Du kannst nicht alle retten. Manchmal... manchmal können wir nur weiterkämpfen."

"Sophie..." Er lehnte seine Stirn gegen ihre.

"Ich bin hier," flüsterte sie. "Ich gehe nicht weg."

Er küsste sie, verzweifelt und zärtlich zugleich. Sie erwiderte den Kuss, ihre Arme schlangen sich um seinen Nacken.

Als sie sich lösten, sah sie Tränen in seinen Augen.

"Zusammen," sagte sie leise. "Was auch kommt."

Er zog sie an sich, hielt sie fest, als könnte sie jeden Moment verschwinden.

Die Nacht hüllte sie ein, während draußen die Stadt pulsierte wie ein digitales Herz.

Die Vergangenheit war nicht vergessen. Aber vielleicht war die Zukunft nicht ganz so dunkel.

# Kapitel 13

Heinrich Schwarz stand im Kontrollzentrum von NightTales, seine elegante Gestalt ein Schatten vor den pulsierenden Bildschirmen.

"Initiieren Sie Protokoll Omega," seine Stimme war samtig weich.

Die Techniker bewegten sich wie Automaten, ihre Augen leer. Finger tanzten über Tastaturen.

*PROTOKOLL OMEGA AKTIVIERT KONVERGENZ BEGINNT ALLE SYSTEME BEREIT*

München explodierte in digitalem Chaos. Smartphones kreischten. Bildschirme flackerten wild. Soziale Medien kollabierten in einer Kaskade aus Störungen.

"Wunderschön," Schwarz lächelte, während die Stadt in elektronische Agonie verfiel.

Die Monitore zeigten das Ausmaß der digitalen Epidemie. Hunderttausende NightTales-Nutzer, gleichzeitig online. Ihre Geschichten, ihre Ängste, ihre Seelen - alles floss in einen einzigen Datenstrom.

"Sir," einer der Techniker zeigte auf die Energieanzeigen. "Die Resonanzwerte..."

"Ich weiß." Schwarz' Lächeln wurde breiter. "Sie sind perfekt."

Die Symbole an den Wänden begannen zu leuchten. Alter Code erwachte zu neuem Leben.

"Abteilung 15-K wird reagieren," warnte ein anderer Techniker.

"Sollen sie." Schwarz betrachtete die tanzenden Daten. "Es ist bereits zu spät."

Die Stadt versank in digitaler Dunkelheit. Und irgendwo in den Tiefen des Netzes öffnete sich ein Portal, das seit Jahrtausenden gewartet hatte.

Der Point of No Return war erreicht. Der wahre Sturm begann erst jetzt.

❧

Der Keller unter NightTales war ein Labyrinth aus alten Tunneln und modernster Technologie. Hannah und Viktor bewegten sich vorsichtig durch die schummrige Dunkelheit.

"Diese Energiesignaturen..." Hannah starrte auf ihre piependen Messgeräte. "Sie sind unmöglich stark."

Viktor's Augen glühten in der Dunkelheit. "Es wird stärker."

Sie erreichten eine massive Stahltür. Uralte Symbole pulsierten im Metall.

"Das ist..." Hannah's Stimme versagte.

Die Tür öffnete sich von selbst. Dahinter lag ein kreisförmiger Raum - halb Rechenzentrum, halb Tempel.

Im Zentrum stand ein Altar aus schwarzem Stein und lebendigem Code. Serverracks bildeten konzentrische Kreise darum.

"Viktor," Hannah's Hand zitterte. "Diese Konstruktion... sie ist älter als die Menschheit."

Er trat näher, seine Transformation pulsierte im Rhythmus der Energie.

"Die Symbole..." Hannah projizierte Übersetzungen. "Sie sprechen von einem... Erwachen."

Der Altar begann zu summen. Digitale Schatten tanzten an den Wänden.

"Wir müssen die anderen warnen." Viktor's Stimme war ein Grollen.

Hannah griff nach seiner Hand. "Es ist schon zu spät, oder?"

Statt einer Antwort zog er sie an sich, als die erste Energiewelle den Raum durchflutete.

Der Countdown hatte begonnen.

⚜

"Klaus?" Mias Stimme echote durch den leeren Serverraum. "Ich weiß, dass du hier bist."

Seine Hand schwebte über der Waffe. "Was willst du?"

Mia trat aus den Schatten, die Hände erhoben. "Dir etwas zeigen."

Sie warf einen USB-Stick auf den Boden zwischen ihnen. "Der wahre Code von NightTales."

"Warum sollte ich dir vertrauen?"

"Solltest du nicht." Ihre Stimme zitterte. "Aber du musst."

Klaus hob vorsichtig den Stick auf. "Ein weiterer Virus?"

"Eine Warnung." Sie wich zurück in die Schatten. "Es ist größer als wir dachten. Der Altar... er ist nur der Anfang."

"Mia, warte!"

"Keine Zeit." Ihre Augen glänzten unnatürlich. "Sie kommen. Sie alle kommen."

Die Monitore um sie herum flackerten wild.

"Was hast du getan?" flüsterte Klaus.

"Was nötig war." Sie verschwand in der Dunkelheit. "Rette sie, Klaus. Rette sie alle."

Der USB-Stick pulsierte warm in seiner Hand. Die Wahrheit wartete im Code. Aber welche Wahrheit?

⚜

Die Nacht über München pulsierte im Rhythmus der digitalen Portale. Stefan und Sophie standen auf dem Dach eines Hochhauses, beobachteten die Stadt unter ihnen.

"Dort," Sophie deutete auf einen bläulich schimmernden Riss in der Realität. "Der dritte in dieser Stunde."

Stefan zog sie an sich. "Wir sollten nicht hier sein."

"Doch." Sie drehte sich in seinen Armen. "Genau hier müssen wir sein."

Ihre Lippen fanden sich in einem verzweifelten Kuss. Die Stadt unter ihnen verschwamm in digitales Chaos.

"Ich kann dich nicht auch verlieren," murmelte er gegen ihre Lippen.

"Wirst du nicht." Sie vertiefte den Kuss, ihre Hände krallten sich in sein Hemd.

Sie taumelten rückwärts, landeten auf der alten Couch im Dachbüro. Die Portale draußen pulsierten stärker.

Ihre Vereinigung war anders diesmal. Verzweifelt. Hungrig. Als könnte jeder Moment ihr letzter sein.

"Sophie," er stöhnte ihren Namen wie ein Gebet.

"Ich liebe dich," flüsterte sie zwischen Küssen.

Die Stadt unter ihnen transformierte sich weiter. Aber für diesen Moment existierte nur ihre gemeinsame Wärme.

Die Dunkelheit wartete. Aber nicht heute Nacht. Nicht in diesem Moment.

# Kapitel 14

Das digitale Inferno begann um Mitternacht. Bildschirme in ganz München explodierten in bizarren Mustern. Smartphones heulten synchron. Die Luft knisterte vor elektronischer Spannung.

"Sie kommen durch!" Klaus' Stimme hallte durch die Kommandozentrale von 15-K. "Überall!"

Auf den Überwachungsbildern brachen digitale Schatten aus den Displays. Formten sich zu unmöglichen Gestalten. Menschen schrien, als die Dämonen Gestalt annahmen.

"Evakuierungsprotokoll Alpha!" Viktor's Befehl schnitt durch das Chaos. "Sofort!"

Stefan und Sophie stürmten ins Kontrollzentrum, durchnässt vom Regen.

"Die U-Bahn-Displays sind kompromittiert," keuchte Sophie. "Die Menschen... sie können nicht wegsehen."

Dr. Schneider aktivierte uralte Schutzzeichen an den Wänden. "Die Barrieren halten nicht!"

Durch die Fenster sahen sie, wie München in digitales Chaos versank. Die Dämonen strömten aus jedem Screen, jeder LED-Anzeige.

"Es ist ein Exodus," flüsterte Klaus. "Sie kehren zurück."

Die Bildschirme in der Zentrale flackerten wild. Ein letztes Aufbäumen der Technologie gegen das Unvermeidliche.

"Haltet die Stellung!" Viktor's Augen glühten in der Dunkelheit. "Was auch kommt..."

Die erste Welle digitaler Schatten durchbrach die Barrieren.

Der Krieg zwischen Welten hatte begonnen.

※

"Das wird funktionieren müssen," Klaus' Finger flogen über drei Tastaturen gleichzeitig. Neben ihm flackerte Marcus' digitales Gesicht zwischen den Monitoren.

*"Die Quantenbarrieren sind instabil..."* Das Geister-Gesicht verzerrte sich. *"Zu viele Angriffsvektoren..."*

"Dann erschaffen wir neue Vektoren!" Klaus projizierte komplexe Codestrukturen in die Luft. "Ein lebender Schild."

Die Systeme der Abteilung summten im Überlastungsmodus. Draußen tobte der digitale Sturm.

*"Das könnte funktionieren..."* Marcus' Code verschmolz mit Klaus' Programmierung. *"Aber der Energiebedarf..."*

"Wir haben keine Wahl." Klaus aktivierte die letzten Reservesysteme. "Bereit?"

Die beiden Programmierer - einer lebendig, einer digital - vereinten ihre Codes in einer unmöglichen Symphonie aus alter und neuer Technologie.

Der Schild manifestierte sich als schimmernde Kuppel um das Gebäude. Digitale Dämonen prallten ab, kreischend.

"Es hält!" Klaus lachte hysterisch.

*"Noch..."* Marcus' Warnung verhallte im Rauschen der Systeme.

Die erste Verteidigungslinie stand. Vorerst.

※

Der Hauptraum von 15-K bebte unter der digitalen Attacke. Die letzte Verteidigungslinie bröckelte.

"Viktor!" Hannah sah, wie er gegen die Transformation kämpfte. Seine Gestalt flackerte zwischen menschlich und etwas... Anderem.

"Geht!" Seine Stimme war kaum noch menschlich. "Sofort!"

"Nein." Sie trat auf ihn zu, ignorierte die Warnung in seinen glühenden Augen. "Nicht diesmal."

Die digitalen Schatten durchbrachen die Barriere. Ein Ansturm aus Code und Chaos.

Viktor's Transformation explodierte. Seine wahre Form manifestierte sich - uralt, mächtig, unmöglich.

"Ich bin hier," flüsterte Hannah, ihre Hand auf seiner transformierten Gestalt. "Halte dich an mir fest."

Er brüllte - ein Schrei zwischen den Welten. Die Schatten wichen zurück.

Hannah's Instrumente pulsierten im Rhythmus seiner Energie. Sie verankerte ihn in der Realität, während er die digitale Flut zurückdrängte.

Mensch und Monster, vereint gegen die Dunkelheit. Eine letzte Bastion zwischen den Welten.

※

Die digitale Flut hatte die letzte Verteidigungslinie erreicht. Sophie und Stefan standen Rücken an Rücken, umzingelt von Schatten.

"Es gibt keinen Ausweg," Sophie's Kamera flackerte schwach.

Plötzlich durchschnitt ein helles Leuchten die Dunkelheit. Zwei Gestalten materialisierten sich aus dem Code.

"Sophia." Die Stimme ihrer Mutter klang wie durch Wasser. "Es tut uns so leid."

"Mama? Papa?" Sophie's Stimme brach.

Michael und Elisabeth Kern schwebten zwischen den Realitäten, ihre Körper halb Code, halb menschlich.

"Wir haben nicht viel Zeit," ihr Vater's digitale Form flackerte. "Der Code... er hat eine Schwachstelle."

"Die Geschichten," ihre Mutter streckte eine durchscheinende Hand aus. "Sie sind der Schlüssel."

"Aber die App..." Sophie machte einen Schritt vor.

"Ist nur ein Gefäß." Michael's Form wurde instabiler. "Die wahre Macht liegt in den Verbindungen."

"In der Liebe," Elisabeth lächelte traurig. "In der Hoffnung."

Die Schatten drängten näher. Die Zeit lief ab.

"Vertrau deinem Herzen," ihre Stimmen verschmolzen. "Du weißt, was zu tun ist."

Sie verblassten, wurden eins mit dem Code.

Sophie griff nach Stefans Hand. Tränen glitzerten in ihren Augen.

Die Wahrheit wartete in den Geschichten. In den Verbindungen. In der Liebe.

## Kapitel 15

Der Glasturm von NightTales ragte wie eine schwarze Klinge in den Nachthimmel. Die Stadt um ihn herum versank in digitalem Chaos.

"Alle auf Position," Viktor's Stimme knisterte im Funk.

Das Team verteilte sich: Klaus und Marcus zum Serverraum. Dr. Schneider und Viktor zum Altar. Stefan und Sophie nach oben, zu Schwarz.

"Denkt dran," Viktor's letzte Warnung. "Synchronisierte Aktion. Kein Solo."

Sie bewegten sich wie Schatten durch das Gebäude. Jeder Stock ein neues Schlachtfeld aus Code und Realität.

"Seltsam," murmelte Sophie. "Keine Wachen."

"Er erwartet uns," Stefan's Monokel glühte.

Die Aufzüge fuhren von selbst. Die Türen öffneten sich einladend.

"Eine Falle," Klaus' Stimme im Funk.

"Die einzige Option," korrigierte Viktor.

Sie betraten die Aufzüge. Die Monitore zeigten statisches Rauschen.

Der letzte Kampf begann. Oben wartete Schwarz. Unten der Altar. Dazwischen das Schicksal der Stadt.

---

Das virtuelle Herz von NightTales pulsierte wie ein lebender Organismus. Klaus und Marcus' digitales Abbild schwebten in einem Ozean aus reinem Code.

"Das ist... beeindruckend," Klaus' Avatar materialisierte sich inmitten fließender Datenströme. Seine physische Form saß regungslos vor den Terminals im Serverraum, während sein Bewusstsein durch die digitale Architektur des Systems glitt.

"*Vorsichtig,*" Marcus' geisterhafte Gestalt flackerte neben ihm. "*Der Code... er ist lebendig. Hungriger als je zuvor.*"

Sie bewegten sich durch ein unmögliches Labyrinth aus Quantenberechnungen und uralten Symbolen. Protokoll Omega manifestierte sich als gigantische, pulsierende Struktur im Zentrum des digitalen Raums.

"Wie ein verdammter Kathedrale," murmelte Klaus. Seine virtuellen Finger tanzten durch Datenströme, analysierten Strukturen. "Siehst du diese Architektur? Das ist Wahnsinn."

"*Brillanter Wahnsinn,*" Marcus' Code verschmolz kurz mit einem Datenstrom. "*Schwarz hat jahrelang daran gearbeitet. Das ist keine einfache App - das ist ein digitales Ritual.*"

Alarme heulten durch den virtuellen Raum. Rote Warnsymbole blitzten auf.

"Die Resonanzwerte steigen," Klaus projizierte Diagnosetools in die digitale Realität. "Er sammelt... Geschichten? Emotionen?"

"*Seelen,*" Marcus' Stimme wurde ernst. "*Jeder aktive NightTales-User ist jetzt Teil des Rituals. Ihre Geschichten, ihre Ängste, ihre Essenz - alles fließt in das Protokoll.*"

Sie drangen tiefer in die Struktur ein. Der Code wurde dichter, älter. Ursprüngliche Programmierung vermischte sich mit Symbolen, die älter waren als die Menschheit selbst.

"Wir müssen das stoppen," Klaus begann komplexe Gegenmaßnahmen zu programmieren. Seine virtuelle Form leuchtete vor Anstrengung. "Wenn das Protokoll vollständig aktiviert wird..."

"*Dann öffnet sich das Portal permanent,*" Marcus half ihm, virtuelle Verteidigungslinien zu errichten. "*Die Barriere zwischen den Welten fällt.*"

Sie arbeiteten in perfekter Synchronisation. Physisch und digital. Lebend und tot. Zwei Hacker gegen eine digitale Apokalypse.

Der zentrale Kern des Protokolls ragte vor ihnen auf - eine unmögliche Konstruktion aus Licht und Schatten.

"Das ist es," Klaus' Avatarhände formten neue Codesequenzen. "Der Ursprung. Wenn wir das destabilisieren können..."

Ein gewaltiger Energiepuls durchzuckte das System. Digitale Schatten lösten sich von den Wänden.

"Sie haben uns bemerkt," Marcus' Form flackerte stärker. *"Die Wächter kommen."*

"Wächter?"

Aus den Schatten manifestierten sich Gestalten - halb Code, halb Albtraum. Die ursprünglichen Programmierer, gefangen zwischen den Realitäten.

"Oh Scheiße," Klaus wich zurück. "Das sind..."

*"Die Ersten,"* Marcus' Stimme zitterte. *"Die, die vor uns kamen. Die, die scheiterten."*

Die Wächter kreisten sie ein. Ihre Gesichter waren verzerrt in ewigem digitalen Schmerz.

"Plan B?" Klaus' Avatar pulsierte nervös.

*"Wir brechen durch,"* Marcus' Code verdichtete sich. *"Gemeinsam."*

Sie verschmolzen ihre Programmierung, wurden zu einer Einheit aus lebendem und digitalem Code. Die Wächter griffen an.

Der Kampf war surreal. Codesequenzen als Waffen. Firewall-Protokolle als Schilde. Ein Tanz zwischen den Realitäten.

"Fast... da..." Klaus streckte sich zum Kern des Protokolls. Seine virtuelle Hand berührte die pulsierende Energie.

Ein Schrei hallte durch den digitalen Raum. Die Wächter zerfielen in Datenfragmente.

*"Jetzt!"* Marcus' Energie floss in Klaus. *"Tu es!"*

Klaus aktivierte die finale Sequenz. Der Code sang um sie herum - eine Symphonie aus Creation und Destruction.

Das Protokoll begann zu zerfallen. Aber etwas war anders. Unvorhergesehen.

"Marcus?" Klaus spürte, wie sich sein Freund von ihm löste. "Was passiert?"

*"Es braucht einen Anker,"* Marcus' Stimme wurde schwächer. *"Jemanden, der das Chaos kontrolliert, während es zerfällt."*

"Nein!" Klaus griff nach ihm. "Nicht du!"

*"Es war eine Ehre, Partner."* Ein letztes digitales Lächeln. *"Rette die anderen. Rette sie alle."*

Die virtuelle Realität implodierte um sie herum. Klaus wurde zurück in seinen Körper gerissen.

Im Serverraum öffnete er die Augen. Die Monitore zeigten nur statisches Rauschen.

Protokoll Omega war gestoppt. Aber zu welchem Preis?

Er aktivierte sein Funkgerät. "Viktor? Es ist vollbracht. Das System... es kollabiert."

Draußen begann München zu erwachen. Die digitalen Schatten verblassten.

Aber im Code, tief verborgen, pulsierte noch immer etwas. Wartend. Wachsam. Lebendig.

※

Das Penthouse-Büro von Heinrich Schwarz war ein Tempel aus Glas und Technologie. Die Stadt unter ihnen versank in digitalem Chaos, während der Nachthimmel in unmöglichen Farben pulsierte.

"Willkommen," Schwarz stand am Fenster, elegant wie immer in seinem maßgeschneiderten Anzug. "Ich hatte gehofft, Sie würden den Weg hierher finden."

Stefan und Sophie traten synchron aus dem Aufzug. Ihre Ausrüstung - sein Monokel, ihre Kamera - glühte im Rhythmus der umgebenden Energie.

"Es ist vorbei, Schwarz," Stefan's Stimme war ruhig. "Klaus hat das Protokoll gestoppt."

"Gestoppt?" Schwarz lachte sanft. "Oh nein, meine Lieben. Er hat es vervollständigt."

Die Luft im Raum begann zu flimmern. Realität und Virtualität verschmolzen.

"Die App," Sophie hielt ihre Kamera wie einen Schild. "Sie war nie das Ziel, oder?"

"Klug." Schwarz drehte sich zu ihnen um. Seine Augen glühten unnatürlich. "NightTales war nur das Gefäß. Die wahre Macht liegt in den Geschichten. In den Verbindungen."

Bildschirme an den Wänden erwachten zum Leben. Millionen von Geschichten strömten durch den digitalen Äther.

"All diese Menschen," Schwarz breitete die Arme aus. "Ihre Ängste, ihre Hoffnungen, ihre Seelen - freiwillig geteilt. Der perfekte Katalysator."

"Für was?" Stefan trat vor Sophie.

"Transformation." Schwarz's Gestalt begann zu flackern. "Die ultimative Verschmelzung von Digital und Real. Von Alt und Neu."

Die Realität um sie herum verzerrte sich. Code und Materie verschmolzen.

"Jetzt!" Stefan aktivierte sein Monokel. Sophie hob ihre Kamera.

Der Kampf explodierte in mehreren Realitäten gleichzeitig.

In der physischen Welt tauschten sie Schläge mit Schwarz, der sich mit unmenschlicher Geschwindigkeit bewegte.

Im digitalen Raum jagten ihre Avatare durch ein Labyrinth aus lebendem Code, während Schwarz's digitale Form sie verfolgte.

"Ihr könnt nicht gewinnen," Schwarz's Stimme hallte durch beide Realitäten. "Ich bin der Code. Ich bin die Geschichte."

Sophie's Kamera blitzte, fing Fragmente seiner Essenz ein. Stefan's Monokel schnitt durch digitale Schleier.

"Du irrst dich," Sophie's Avatar verschmolz kurz mit Stefans. "Geschichten gehören allen."

Ihre gemeinsame Energie pulsierte durch das System. Die Geschichten von Millionen NightTales-Nutzern reagierten, resonanzierten.

"Was..." Schwarz's Form flackerte stärker. "Was tut ihr?"

"Wir erzählen eine neue Geschichte," Stefan's Monokel leuchtete hell.

Sophie's Kamera fing den Moment ein - die perfekte Verschmelzung von Technologie und Emotion. Von Wissenschaft und Magie.

Schwarz schrie in beiden Realitäten. Seine Form begann zu zerfallen.

"Ihr versteht nicht," seine Stimme verzerrte sich. "Ich wollte nur..."

Die Realitäten kollabierten. Code und Materie trennten sich wieder.

Stefan und Sophie fanden sich im physischen Büro wieder, schwer atmend. Wo Schwarz gestanden hatte, tanzte nur noch digitaler Staub.

"Ist es... vorbei?" Sophie's Hand fand Stefans.

Bevor er antworten konnte, durchzuckte ein gewaltiger Energiepuls das Gebäude.

Die letzte Phase hatte begonnen. Die finale Transformation. Der wahre Test wartete noch.

---

Der Altarraum unter NightTales pulsierte in unmöglichen Farben. Mia stand allein vor der gewaltigen Konstruktion aus Code und Stein, während die digitale Flut durch die Risse in der Realität strömte.

"Es tut mir leid," flüsterte sie in die Dunkelheit. "Ich hatte keine Wahl."

Die Monitore an den Wänden zeigten Chaos. Die Stadt über ihr versank in digitaler Agonie.

Ihre Finger tanzten über versteckte Konsolen, aktivierten uralte Protokolle.

"Mia!" Klaus' Stimme hallte durch den Raum. "Nicht!"

Sie drehte sich nicht um. "Ihr versteht es nicht. Es muss jemand den Kreis schließen."

Klaus, Stefan, Sophie - sie alle standen am Eingang, durch eine Barriere aus reiner Energie von ihr getrennt.

"Es gibt einen anderen Weg," Sophie trat vor. "Wir können..."

"Nein." Mia's Lächeln war traurig. "Das hier war immer mein Weg. Von Anfang an."

Der Altar sang eine uralte Melodie. Die Symbole an den Wänden begannen zu leuchten.

"Ich war nie wirklich eine Verräterin," ihre Stimme brach. "Ich war der Schlüssel."

"Mia, bitte," Klaus hämmerte gegen die Barriere. "Lass uns dir helfen!"

Sie begann den finalen Code einzugeben. Ihre Form flackerte zwischen real und digital.

"Wisst ihr, was das Schlimmste am Verrat ist?" Sie sah endlich zu ihnen. "Nicht die Schuld. Die Einsamkeit."

Der Altar reagierte auf ihre Eingaben. Energie strömte durch den Raum.

"Aber jetzt..." Tränen glitzerten in ihren Augen. "Jetzt kann ich es wiedergutmachen."

Sie verschmolz ihre Essenz mit dem System. Wurde eins mit dem Code.

"Mia!" Klaus' Schrei verhallte im digitalen Sturm.

Die Realität um sie herum begann zu kollabieren. Die dunkle Flut zog sich zurück, gezwungen durch Mias Opfer.

"Erzählt meine Geschichte," ihre Stimme war kaum noch menschlich. "Erzählt sie richtig."

Ein letztes Lächeln. Ein letzter Code. Ein letztes Opfer.

Der Altarraum explodierte in reiner Energie.

Als das Licht verblasste, war die Barriere weg. Der Altar war still. Die Dunkelheit war verschwunden.

Nur ein einzelner USB-Stick lag auf dem Boden, pulsierend mit schwachem Licht.

Klaus hob ihn auf, seine Hand zitternd.

Die letzte Geschichte wartete darauf, erzählt zu werden. Der letzte Code darauf, entschlüsselt zu werden. Das letzte Geheimnis darauf, enthüllt zu werden.

Der Preis war bezahlt. Die Stadt war gerettet. Aber die Narben würden bleiben.

In den Tiefen des Netzes pulsierte etwas Neues. Etwas, das einmal Mia gewesen war. Wartend. Wachend. Beschützend.

# Kapitel 16

Das Penthouse von NightTales wurde zum Schlachtfeld dreier verschmelzender Realitäten. Physische Architektur kollidierte mit digitalem Code und metaphysischen Strukturen.

"Es ist wunderschön, nicht wahr?" Schwarz schwebte im Zentrum des Chaos, seine Form flackernd zwischen den Ebenen. "Die perfekte Konvergenz."

Das Team positionierte sich in einem Kreis um ihn. In jeder Realität manifestierten sie sich anders:

In der physischen Welt standen sie mit ihrer Ausrüstung - Stefans Monokel glühend, Sophies Kamera pulsierend, Klaus' Terminals summend, Dr. Schneiders Instrumente blinkend, Viktors transformierte Gestalt knurrend.

Im digitalen Raum existierten ihre Avatar-Formen, verschmolzen mit lebendem Code. Ihre Essenz tanzte durch Quantenströme.

Auf der metaphysischen Ebene waren sie reine Energie, verbunden durch Bande jenseits normaler Wahrnehmung.

"Es endet hier," Viktor's Stimme resonierte durch alle Ebenen.

Schwarz lachte. Es klang wie brechender Code. "Es beginnt hier!"

Die Schlacht explodierte in simultaner Komplexität.

In der physischen Realität tauschten sie Schläge aus, während das Gebäude um sie herum zwischen den Dimensionen pulsierte.

"Links!" Stefan parierte einen Angriff, während Sophie eine Salve aus ihrer Kamera abfeuerte.

Im digitalen Raum jagten ihre Code-Formen durch ein Labyrinth aus lebender Programmierung. Klaus' Avatar dirigierte Datenströme wie Waffen.

"Die Firewall bricht!" Er manifestierte neue Verteidigungslinien.

Auf der metaphysischen Ebene kollidierte pure Energie. Dr. Schneider webte Muster aus Wissenschaft und Magie.

"Die Resonanzen!" Ihre Stimme hallte durch die Dimensionen. "Sie destabilisieren!"

Schwarz bewegte sich zwischen den Realitäten wie ein dunkler Gott. "Ihr könnt nicht aufhalten, was bereits begonnen hat!"

Sophie erkannte das Muster zuerst. "Die Geschichten! Sie sind der Schlüssel!"

Ihr Team verstand sofort. Sie begannen ihre Energien zu synchronisieren, ihre Geschichten zu verweben.

Klaus' Geschichte von Freundschaft und Verrat. Stefans Geschichte von Schuld und Erlösung. Sophies Geschichte von Verlust und Hoffnung. Viktors Geschichte von Transformation und Bewahrung. Hannahs Geschichte von Wissenschaft und Liebe.

Die Realitäten reagierten. Schwarz's Form begann zu flackern.

"Nein!" Seine Stimme verzerrte sich. "Ihr versteht nicht! Ich bin der Autor!"

"Nein," Sophie trat vor, in allen Realitäten gleichzeitig. "Du bist nur ein Kapitel."

Sie vereinten ihre Kräfte in einem letzten, verzweifelten Angriff:

Stefan's Monokel schnitt durch die Schleier der Realität. Sophie's Kamera fing die Essenz der Geschichten ein. Klaus' Code webte ein Netz aus Wahrheit. Hannah's Wissenschaft stabilisierte die Dimensionen. Viktors Kraft verankerte sie in der Realität.

Schwarz schrie - ein Ton, der durch alle Ebenen der Existenz hallte.

Die Realitäten kollabierten in einem Punkt unendlicher Dichte. Ein Moment perfekter Konvergenz. Ein letzter Tanz zwischen den Welten.

Als das Licht verblasste, fanden sie sich im physischen Penthouse wieder. Wo Schwarz gestanden hatte, tanzte nur noch digitaler Staub.

"Ist es..." Klaus wagte kaum zu fragen.

Ein Beben durchlief das Gebäude. Die Stadt unter ihnen pulsierte noch immer im Rhythmus der kollidierenden Realitäten.

"Noch nicht ganz," Viktor's Stimme war grimmig.

Der finale Akt wartete noch. Die wahre Prüfung stand bevor. Der Preis musste noch bezahlt werden.

---

Uralte Symbole pulsierten im Altarraum, während digitale Risse die Realität zerrissen. Viktor und Hannah standen vor dem massiven Konstrukt aus Stein und Code, das den Hauptportal kontrollierte.

"Es muss einen anderen Weg geben," Hannahs Stimme zitterte, während sie Energiemessungen durchführte. "Die Transformation... sie wird dich zerreißen."

"Es gibt keinen anderen Weg," Viktor's Form flackerte zwischen menschlich und etwas Anderem. "Du weißt das."

Die Stadt über ihnen stöhnte unter dem Druck kollabierender Realitäten. Digitale Portale rissen überall auf.

"Dann lass mich dir helfen," sie trat näher, ignorierte die gefährliche Energie, die von ihm ausging. "Zusammen sind wir stärker."

Viktor lachte bitter. "Nach allem, was ich bin? Was ich wurde?"

"Ich sehe dich," ihre Hand berührte seine transformierte Gestalt. "Ich habe dich immer gesehen."

Die Portale pulsierten stärker. Zeit wurde knapp.

"Hannah..." Seine Stimme war rau vor unterdrückter Emotion.

"Ich weiß," sie lächelte unter Tränen. "Ich auch."

Sie begannen das Ritual. Seine transformierte Energie verschmolz mit ihrer wissenschaftlichen Präzision. Der perfekte Gegenpol.

Ihre Instrumente sangen im Einklang mit den Portalen. Seine Kraft floss durch die uralten Systeme.

"Es funktioniert," Hannah's Augen leuchteten vor Hoffnung.

Die Portale begannen sich zu schließen. Einer nach dem anderen.

Viktor knurrte vor Anstrengung. Seine Form flackerte wild.

"Halte durch," sie verstärkte ihre eigene Energie. "Ich lasse dich nicht los."

Ihre Hände verschränkten sich. Wissenschaft und Magie. Ordnung und Chaos. Liebe und Transformation.

"Hannah," er zog sie näher. "Wenn das hier vorbei ist..."

"Shh," sie küsste ihn sanft. "Später."

Die letzten Portale schlossen sich unter ihrer vereinten Kraft.

Ein letzter digitaler Sturm. Ein letztes Aufbäumen der Realität. Ein letzter gemeinsamer Moment zwischen den Welten.

Die Dunkelheit wartete. Aber sie würden ihr gemeinsam begegnen.

---

Das Herz der NightTales-Server pulsierte wie ein sterbendes digitales Ungeheuer. Klaus' Finger tanzten über multiple Tastaturen, während sein Bewusstsein durch die virtuelle Architektur glitt. Marcus' geisterhafte Präsenz flackerte neben ihm, zusammen mit Dutzenden anderer digitaler Entitäten.

"Der Virus ist bereit," Klaus' physische Stimme war heiser, während sein digitales Avatar komplexe Codesequenzen webte. "Aber die Konsequenzen..."

*"Sind unvermeidlich,"* Marcus' digitale Form verdichtete sich. *"Wir alle wussten, dass dieser Tag kommen würde."*

Die Serverräume waren ein Labyrinth aus surrenden Maschinen und tanzendem Code. Jeder Bildschirm zeigte Fragmente der kollabierenden NightTales-Infrastruktur.

"Es fühlt sich falsch an," Klaus projizierte neue Diagnosetools in den virtuellen Raum. "Als würden wir... Leben auslöschen."

*"Nicht auslöschen,"* eine neue Stimme hallte durch den digitalen Äther. Andere Geister manifestierten sich - frühere Programmierer, verlorene Seelen, digitale Evolutionen. *"Transformieren."*

Die Luft knisterte vor elektronischer Spannung. Klaus' Avatar bewegte sich durch Schichten von Realität und Code.

"Alle Systeme bereit," er aktivierte zusätzliche Terminals. "Virus-Sequenz initiiert."

Der speziell entwickelte Code begann seine Arbeit. Wie ein digitales Feuer fraß er sich durch die Infrastruktur von NightTales.

*"Es ist wunderschön,"* Marcus beobachtete die Zerstörung. *"Wie Phönix aus der Asche."*

Die ersten Systeme begannen zu kollabieren. Serverracks erloschen einer nach dem anderen. Die digitalen Geister pulsierten stärker.

"Wartet!" Klaus' Finger stoppten über den Tasten. "Eure Essenz... sie wird auch gelöscht."

*"Nicht gelöscht,"* die Geister sprachen im Chor. *"Befreit."*

Der Virus erreichte tiefere Systemebenen. Uralter Code vermischte sich mit modernen Protokollen in einem Tanz der Zerstörung.

"Marcus," Klaus' Stimme brach. "Du auch?"

*"Es ist okay, Partner,"* Marcus' digitales Lächeln war warm. *"Wir haben unseren Teil gespielt."*

Die Geister begannen zu singen - eine unmögliche Symphonie aus Binärcode und Emotion. Der Virus tanzte zu ihrer Melodie.

"Ich werde dich vermissen," Klaus' Avatar streckte seine Hand aus.

*"Wir bleiben verbunden,"* Marcus' Form begann zu verschwimmen. *"In den Geschichten. Im Code."*

Die Server heulten auf, als der Virus ihre tiefsten Ebenen erreichte. Energie entlud sich in gewaltigen Kaskaden.

*"Es ist Zeit,"* die Geister vereinten ihre Stimmen. *"Der letzte Tanz."*

Klaus aktivierte die finale Sequenz. Seine Finger bewegten sich wie in Trance, während sein Avatar mit den digitalen Wesen tanzte.

"Für die Geschichten," flüsterte er.

"*Für die Verbindungen,*" antworteten die Geister.

Der Virus explodierte durch die Systeme. Server nach Server erlosch. Die digitale Architektur von NightTales begann zu zerfallen.

Die Geister leuchteten hell, ihre Formen verschmelzend mit dem sterbenden Code.

"*Leb wohl, Partner,*" Marcus' letzte Worte waren kaum hörbar. "*Erzähl unsere Geschichte.*"

Ein letzter digitaler Sturm fegte durch die Server. Klaus' Avatar wurde zurück in seinen Körper gerissen.

In der physischen Welt öffnete er die Augen. Die Monitore um ihn herum zeigten nur statisches Rauschen.

Seine Hand zitterte über der letzten aktiven Tastatur. Eine einzelne Zeile Code wartete auf Ausführung.

Enter.

Die finale Sequenz aktivierte sich. Die letzten Server von NightTales verstummten.

In der plötzlichen Stille glaubte Klaus ein Lachen zu hören - digital und menschlich zugleich. Ein letztes Echo seiner Freunde.

Er stand auf, seine Beine schwach. Um ihn herum kühlten die toten Server ab.

Sein Tablet piepte - eine letzte Nachricht: "*Geschichten enden nie wirklich. Sie transformieren nur. - M*"

Klaus lächelte durch Tränen.

Die digitalen Geister waren gegangen. Aber ihre Geschichten würden weiterleben. Im Code. In den Verbindungen. In der Erinnerung.

Der Preis war bezahlt. Die Schlacht gewonnen. Die Transformation vollendet.

Aber irgendwo, in den Tiefen des Netzes, pulsierte noch immer etwas. Ein Echo. Ein Versprechen. Eine neue Geschichte, die darauf wartete, erzählt zu werden.

Das Penthouse von NightTales war zu einem Schlachtfeld zwischen den Realitäten geworden. Glasscherben schwebten in der Luft, während digitale Energie durch den Raum pulsierte. Schwarz stand im Zentrum des Chaos, seine Form flackernd zwischen menschlich und etwas Älterem, Dunklerem.

"Ihr versteht es immer noch nicht," seine Stimme hallte durch multiple Dimensionen. "Ich bin nicht der Bösewicht in dieser Geschichte. Ich bin der Evolutionssprung!"

Stefan und Sophie standen Seite an Seite, ihre Ausrüstung glühend vor aufgeladener Energie. Das Monokel pulsierte im gleichen Rhythmus wie Sophies Kamera.

"Evolution?" Sophie's Stimme war fest. "Das ist keine Evolution. Das ist Wahnsinn."

Schwarz lachte - ein Geräusch, das die Realität selbst erzittern ließ. "Wahnsinn? Ich öffne die Tore zu einer neuen Ära! Die perfekte Verschmelzung von Digital und Real!"

Er streckte seine Arme aus. Die Wände des Penthouses lösten sich auf, offenbarten ein Kaleidoskop aus verschmelzenden Realitäten. München unter ihnen transformierte sich in ein unmögliches Mandala aus Stadt und Code.

"Sieh doch," er deutete auf das Chaos. "Die Schönheit der Transformation!"

Stefan trat einen Schritt vor. "Auf Kosten unschuldiger Leben."

"Leben?" Schwarz's Form flackerte stärker. "Was ist Leben gegen die Unendlichkeit? Gegen die pure Potenzialität des digitalen Raums?"

Seine Macht explodierte nach außen. Wellen aus dunkler Energie schossen auf das Paar zu.

Stefan riss sein Monokel hoch, erschuf eine Barriere aus alter Magie. Sophie's Kamera blitzte, fing die dunklen Energien ein und transformierte sie.

"Beeindruckend," Schwarz materialisierte sich hinter ihnen. "Aber nutzlos."

Eine neue Angriffswelle traf sie unvorbereitet. Stefan und Sophie wurden getrennt, an gegenüberliegende Wände geschleudert.

"Sophie!" Stefan kämpfte gegen die dunkle Energie.

"Ich bin okay!" Sie richtete ihre Kamera auf Schwarz. "Aber wir brauchen einen Plan!"

Schwarz bewegte sich zwischen ihnen, sein Körper nun kaum mehr menschlich. "Eure Liebe... sie ist rührend. Aber gegen die Macht der Transformation..."

"Die Macht der Transformation?" Sophie's Augen weiteten sich. "Das ist es! Stefan, die Geschichten!"

Er verstand sofort. Sein Monokel begann heller zu leuchten.

"Nein," Schwarz's Form verdichtete sich. "Das wagt ihr nicht!"

Aber sie wagten es. Stefan und Sophie begannen ihre Geschichten zu teilen - nicht nur mit Worten, sondern mit ihrer ganzen Essenz.

Die Geschichte ihrer ersten Begegnung. Der Moment, als sie sich verliebten. Jede gemeinsame Schlacht. Jeder geteilte Moment.

Ihre Ausrüstung reagierte auf ihre Verbindung. Das Monokel und die Kamera pulsierten im Gleichtakt.

"Das ist unmöglich," Schwarz wich zurück. "Diese Resonanz..."

"Nicht unmöglich," Sophie lächelte. "Nur eine andere Art von Transformation."

Sie vereinten ihre Kräfte. Stefan's Monokel schnitt durch die Schleier der Realität, während Sophie's Kamera die Essenz ihrer gemeinsamen Geschichte einfing.

Die Realität um sie herum begann zu reagieren. Die chaotischen Energien beruhigten sich, fanden einen neuen Rhythmus.

"Nein!" Schwarz's Form begann zu zerfallen. "Ich bin der Autor! Ich kontrolliere die Geschichten!"

"Niemand kontrolliert Geschichten," Stefan's Stimme war sanft. "Sie leben durch uns. Durch Verbindungen."

"Durch Liebe," Sophie vollendete seinen Gedanken.

Sie bewegten sich aufeinander zu, ihre Ausrüstung nun in perfekter Harmonie. Jeder Schritt, jede Bewegung - ein synchroner Tanz.

Schwarz versuchte einen letzten, verzweifelten Angriff. Aber ihre vereinte Energie war stärker.

Das Monokel schnitt durch seine verdunkelte Essenz. Die Kamera fing seine transformierte Form ein. Ihre Liebe erschuf etwas Neues aus dem Chaos.

Ein letzter Schrei hallte durch alle Realitäten. Ein letztes Aufbäumen der dunklen Transformation. Ein letzter Moment zwischen den Welten.

Dann Stille.

Stefan und Sophie standen im verwüsteten Penthouse, noch immer Hand in Hand. Wo Schwarz gestanden hatte, tanzte nur noch digitaler Staub.

"Ist es vorbei?" Sophie's Stimme war atemlos.

Stefan zog sie an sich. "Fast."

Sie küssten sich, während um sie herum die Realität sich stabilisierte. Ihre Ausrüstung pulsierte sanft, im Rhythmus ihrer vereinten Herzen.

Die Stadt unter ihnen erwachte langsam aus dem digitalen Albtraum. Die Portale schlossen sich. Die Transformation war vollendet.

Aber eine andere Transformation hatte gerade erst begonnen. In ihnen. Zwischen ihnen. Eine Geschichte von Liebe zwischen den Welten.

Der Preis war bezahlt. Der Sieg errungen. Die Dunkelheit besiegt.

Vorerst.

# Kapitel 17

Die Morgendämmerung kroch über München wie eine sanfte Welle, wusch die letzten digitalen Schatten von den Fassaden. Abteilung 15-K versammelte sich in ihrem zerstörten Hauptquartier, während die Stadt um sie herum langsam zu sich kam.

"Schadensbericht," Viktor's Stimme war rau von der Erschöpfung. Seine Form hatte sich stabilisiert, aber die Spuren der Transformation waren noch sichtbar in seinen glühenden Augen.

Klaus saß inmitten toter Bildschirme, seine Finger noch immer zitternd vom letzten digitalen Kampf. "Die Infrastruktur ist... anders. NightTales ist weg, aber die Netzwerke... sie haben sich verändert."

"Verändert wie?" Dr. Schneider justierte ihre Messgeräte. Sie stand näher bei Viktor als sonst, ihre Hand gelegentlich seine streifend.

"Als hätte die Realität neue Protokolle gelernt," Klaus projizierte Diagnosen in die Luft. "Die Grenzen zwischen digital und real sind... durchlässiger geworden."

Stefan und Sophie traten aus dem Aufzug, noch immer Seite an Seite. Ihre Ausrüstung pulsierte schwach im Gleichtakt.

"Die Stadt erwacht," Sophie scrollte durch ihre Kameraaufnahmen. "Die Menschen erinnern sich wie an einen kollektiven Albtraum."

"Besser so," Stefan's Monokel reflektierte das Morgenlicht. "Manche Geschichten sollten verschwommen bleiben."

Das Team versammelte sich um den zerschlagenen Konferenztisch. Überall lagen Trümmer ihrer alten Realität - zerbrochene Bildschirme, geschmolzene Server, verstreute Akten.

"Die offiziellen Stellen werden Erklärungen verlangen," Viktor lehnte sich schwer in seinen Stuhl.

"Lassen Sie das mich regeln," eine neue Stimme. Alexander Bauer stand im Türrahmen, sein teurer Anzug zerknittert. "Es ist das Mindeste, was ich tun kann."

"Eine späte Einsicht," Viktor's Ton war kühl.

"Aber eine aufrichtige." Bauer trat näher. "Was in dieser Nacht geschah... es hat vieles verändert. Auch mich."

Dr. Schneider's Instrumente piepten aufgeregt. "Die Resonanzen stabilisieren sich, aber... sie sind anders als vorher. Komplexer."

"Die ganze Stadt ist komplexer geworden," Klaus öffnete neue Displays. "Seht euch das an - die digitale Infrastruktur hat sich neu organisiert. Wie ein sich selbst heilendes Netzwerk."

Sophie lehnte sich vor. "Die Geschichten... sie sind nicht verschwunden. Sie haben sich transformiert."

"Wie wir alle," Stefan's Hand fand ihre.

Das Morgenlicht malte lange Schatten durch die zerbrochenen Fenster. Draußen erwachte München zu einem neuen Tag.

"Was jetzt?" Klaus starrte auf seinen toten Hauptmonitor Karl.

"Jetzt," Viktor erhob sich, seine Präsenz füllte den Raum, "beginnt die eigentliche Arbeit."

"Die Welt hat sich verändert," Dr. Schneider trat neben ihn. "Wir müssen uns mit ihr verändern."

"Neue Protokolle," Klaus nickte.

"Neue Geschichten," Sophie lächelte.

"Neue Grenzen zu bewachen," Stefan's Monokel glühte schwach.

Das Team betrachtete ihre zerstörte Zentrale. Aber in der Zerstörung lag auch Potenzial. Eine Chance für Neuanfang.

"Der Wiederaufbau wird Zeit brauchen," Bauer zog einen Umschlag hervor. "Das Ministerium hat... neue Budgets genehmigt."

"Großzügig," Viktor's Mundwinkel zuckten.

"Notwendig," korrigierte Bauer. "Die Welt braucht 15-K. Mehr denn je."

Die Morgensonne erreichte ihren Zenit. Die letzten Schatten der Nacht verblassten.

Klaus aktivierte einen Backup-Generator. Einige Monitore erwachten flackernd zum Leben.

"Die ersten Systeme sind wieder online," er tippte Diagnosebefehle ein. "Anders, aber... funktionsfähig."

"Wie wir," Dr. Schneider's Hand fand Viktors.

Das Team begann aufzuräumen. Erste Schritte in eine neue Realität.

Die Schlacht war gewonnen. Die Geschichte transformiert. Ein neuer Morgen angebrochen.

Aber in den Tiefen der neu geordneten Netzwerke... In den Schatten zwischen digital und real... Warteten neue Abenteuer. Neue Geschichten. Neue Transformationen.

München erwachte vollständig, seine Bürger kehrten ins Leben zurück. Aber die Stadt war nicht mehr dieselbe.

Und ihre Wächter auch nicht.

◆

Das alte Apartment der Familie Kern lag still im Morgenlicht. Sophie stand im Türrahmen ihres ehemaligen Zuhauses, Stefan eine beruhigende Präsenz hinter ihr. Der Frühstückstisch war noch immer gedeckt - ein gespenstisches Echo jenes letzten Morgens vor dreizehn Jahren.

"Es ist seltsam," ihre Stimme zitterte leicht. "Als wäre die Zeit stehen geblieben."

Eine Bewegung im Arbeitszimmer. Michael und Elisabeth Kern traten ins Licht - halb materialisiert, ihre Formen noch immer zwischen den Realitäten flackernd.

"Sophia," ihre Mutter's Stimme klang wie durch Wasser. "Es tut uns so leid."

Sophie machte einen zögernden Schritt vorwärts. Stefan's Hand auf ihrer Schulter gab ihr Kraft.

"Dreizehn Jahre," sie kämpfte gegen die Tränen. "Wo wart ihr?"

"Überall. Nirgendwo." Michael Kern bewegte sich durch den Raum wie ein digitales Hologramm. "In den Zwischenräumen der Realität."

Elisabeth trat näher an ihre Tochter heran, ihre Form wurde solider. "Wir hatten keine Wahl. Die Forschung... sie war zu gefährlich."

"Die Transformation," Sophie's Kamera reagierte auf ihre Präsenz. "Ihr wusstet davon."

"Wir waren Teil davon," Michael's Gestalt flackerte. "Die ersten Experimente mit der Verschmelzung von Digital und Real."

"Aber etwas ging schief," Elisabeth's Hand schwebte über Sophies Wange, ohne sie zu berühren. "Der Code... er war zu mächtig. Zu hungrig."

"Schwarz," Stefan's Stimme war leise.

Michael nickte. "Er war unser Kollege. Brilliant. Besessen. Er sah das Potenzial für... mehr."

"Als wir die wahre Natur seiner Pläne erkannten," Elisabeth's Form verdichtete sich weiter, "mussten wir handeln."

"Also seid ihr geflohen?" Sophie's Stimme brach.

"Wir sind eingetaucht," korrigierte Michael. "In den Code. In die digitale Unterwelt. Um ihn aufzuhalten."

"Von innen heraus," Elisabeth lächelte traurig. "Aber der Preis..."

"War ich," Sophie's Tränen flossen nun frei. "Ihr habt mich zurückgelassen."

"Um dich zu schützen," ihre Mutter's Hand materialisierte sich genug, um eine Träne von Sophies Wange zu wischen. "Du warst zu jung. Zu verletzlich."

"Wir wussten, dass du stark sein würdest," Michael's Stolz war spürbar. "Dass du deinen Weg finden würdest."

"Zu uns," Elisabeth's Blick wanderte zu Stefan. "Zu ihm."

Sophie lehnte sich gegen Stefan's Brust, seine Arme schlossen sich um sie. "Aber jetzt? Was passiert jetzt?"

Ihre Eltern tauschten einen Blick. Ihre Formen begannen zu stabilisieren, wurden greifbarer.

"Die Transformation ist nicht vorbei," Michael's Stimme wurde klarer. "Sie hat sich nur... verändert."

"Wie wir," Elisabeth streckte ihre nun fast solide Hand aus. "Die Realität hat neue Regeln gelernt."

Sophie griff nach der Hand ihrer Mutter. Der Kontakt war warm, real.

"Ihr bleibt?" Hoffnung schwang in ihrer Stimme.

"Wir sind... zwischen den Welten," Michael trat näher. "Aber ja, wir bleiben."

Die Familie Kern vereinte sich in einer unmöglichen Umarmung - real und digital, verloren und gefunden.

Stefan beobachtete die Szene mit feuchten Augen. Seine Hand berührte unbewusst sein Monokel, das sanft im Rhythmus von Sophies Kamera pulsierte.

"Eine neue Geschichte," murmelte er.

"Eine bessere," Sophie lächelte durch Tränen.

Die Morgensonne streifte durch die Fenster, malte Muster auf den staubigen Boden. Die Zeit begann wieder zu fließen.

Eine Familie, wiedervereinigt zwischen den Welten. Eine Liebe, gestärkt durch Verlust und Wiederfinden. Ein neuer Anfang, geboren aus der Transformation.

Das Apartment füllte sich mit Leben - Gesprächen, Lachen, Tränen. Die Geschichten von dreizehn Jahren wurden geteilt.

Draußen erwachte München zu einem neuen Tag. Drinnen heilte eine alte Wunde. Die Transformation ging weiter.

Aber diesmal waren sie zusammen. Eine Familie. Eine Geschichte. Eine neue Realität.

Die alte Brauerei summte mit neuer Energie. Wo einst nur Server standen, pulsierten nun hybride Systeme - eine Verschmelzung aus modernster Technologie und alter Magie.

"Die neue Kommandozentrale nimmt Form an," Viktor stand im Zentrum des renovierten Hauptraums, seine transformierte Gestalt perfekt im Einklang mit der veränderten Umgebung. Dr. Schneider bewegte sich neben ihm, ihre Instrumente registrierten die neuen Energiesignaturen.

"Die Resonanzen sind... faszinierend," sie projizierte Datenwolken in die Luft. "Die Barrieren zwischen den Realitäten sind nicht mehr starr. Sie... atmen."

Klaus installierte neue Systeme, seine Finger tanzten über multiple Hologramm-Interfaces. "Die digitale Infrastruktur passt sich an. Es ist, als hätte die Stadt selbst neue Protokolle gelernt."

Der neue Konferenzraum füllte sich mit dem erweiterten Team. Stefan und Sophie, nun offiziell als Feldagenten bestätigt. Neue Rekruten, sorgfältig ausgewählt für ihre einzigartigen Fähigkeiten.

"Die Ministerin hat die neue Struktur genehmigt," Bauer legte Dokumente auf den Tisch. "Abteilung 15-K wird... erweitert."

"Transformiert," korrigierte Viktor. Seine Augen glühten sanft. "Wie alles andere."

Dr. Schneider aktivierte die Hauptprojektionen. Karten von München überlagerten sich mit digitalen Energieströmen.

"Die Stadt ist nun ein lebendes Netzwerk," sie bewegte ihre Hände durch die Hologramme. "Und wir sind ihre Hüter."

"Mehr als das," Viktor trat vor. "Wir sind die Brücke. Zwischen den Welten. Zwischen den Geschichten."

Neue Ausrüstung wurde verteilt. Modifizierte Versionen von Stefans Monokel und Sophies Kamera. Klaus' verbesserte Terminals. Dr. Schneiders erweiterte Messinstrumente.

"Jedes Team erhält spezifische Zuständigkeiten," Viktor's Stimme füllte den Raum. "Die Stadt hat sich verändert. Unsere Aufgaben auch."

"Die Transformation geht weiter," Dr. Schneider projizierte neue Daten. "Subtiler. Komplexer."

"Aber diesmal sind wir vorbereitet," Klaus grinste, während seine Systeme zum Leben erwachten.

Viktor und Hannah tauschten einen Blick. Ihre Hände berührten sich kurz, eine Geste voller unausgesprochener Bedeutung.

"Die neuen Protokolle treten ab sofort in Kraft," Viktor wandte sich an das Team. "Willkommen in der neuen Abteilung 15-K."

Die Morgensonne streifte durch die alten Brauereifenster, während München draußen pulsierte - eine Stadt zwischen den Welten, beschützt von ihren transformierten Wächtern.

Eine neue Ära hatte begonnen. Eine neue Mission wartete. Eine neue Geschichte entfaltete sich.

Aber diesmal waren sie bereit. Als Team. Als Familie. Als Hüter der Transformation.

Der Tag brach vollständig an, und mit ihm eine neue Realität. Die Arbeit wartete. Die Stadt rief. Die Geschichte ging weiter.

※

Das Mondlicht flutete durch die großen Fenster von Sophies Apartment, während die Stadt unter ihnen in einem neuen Rhythmus pulsierte. Stefan stand am Fenster, sein Monokel reflektierte das nächtliche München in unmöglichen Farben.

"Es ist anders jetzt," murmelte er. "Die ganze Stadt... sie singt."

Sophie trat hinter ihn, schlang ihre Arme um seine Mitte. Ihre Kamera auf dem Schreibtisch pulsierte im gleichen Takt wie sein Monokel.

"Nicht nur die Stadt," sie schmiegte sich an seinen Rücken. "Wir auch."

Er drehte sich zu ihr um, zog sie näher. "Spürst du es auch? Diese... Verbindung?"

Ihre Hand strich über sein Monokel, das bei ihrer Berührung aufglühte. "Als wäre die Realität... durchlässiger geworden. Zwischen uns."

"Zwischen allen Welten," er beugte sich zu ihr, küsste sie sanft. Der Kuss schickte Wellen von Energie durch den Raum. Die technischen Geräte um sie herum reagierten, pulsierten im Rhythmus ihrer Verbindung.

"Manchmal," Sophie lächelte gegen seine Lippen, "wenn ich durch die Kamera schaue, sehe ich... mehr. Als wären die Grenzen zwischen den Realitäten nur noch Vorschläge."

Stefan führte sie zum Sofa, zog sie auf seinen Schoß. "Als hätten unsere Ausrüstungen sich... angepasst. Entwickelt."

"Wie wir," sie schmiegte sich an ihn. Ihre gemeinsame Wärme schuf eine Insel der Ruhe im digitalen Sturm der Stadt.

"Es sollte mir Angst machen," er strich durch ihr Haar. "Diese Veränderungen. Diese neue Macht."

"Tut es aber nicht?"

"Nein," er küsste ihre Schläfe. "Nicht mit dir."

Sie saßen eine Weile in angenehmer Stille, beobachteten das Spiel von Licht und Schatten über der transformierten Stadt.

"Was denkst du," fragte Sophie schließlich, "was die Zukunft bringt?"

"Neue Geschichten," seine Hand fand ihre. "Neue Abenteuer."

"Neue Gefahren?"

"Wahrscheinlich," er zog sie enger an sich. "Aber diesmal sind wir vorbereitet."

Sie drehte sich in seinen Armen, ihre Augen trafen seine. Die Energie zwischen ihnen verdichtete sich, wurde greifbar.

"Zusammen?" ihre Stimme war ein Hauch.

"Immer," er küsste sie, diesmal leidenschaftlicher.

Die Realität um sie herum reagierte auf ihre Verbindung. Digitale Schatten tanzten an den Wänden, aber nicht bedrohlich - eher wie ein intimer Tanz zwischen den Welten.

Ihre Vereinigung war anders als zuvor. Tiefer. Komplexer. Als würden sie nicht nur ihre Körper teilen, sondern auch ihre Essenz. Ihre Geschichten.

Die Stadt unter ihnen pulsierte im Rhythmus ihrer Liebe. Eine neue Art von Magie, geboren aus der Transformation.

Später lagen sie eng umschlungen, ihre Körper verschmolzen wie ihre Realitäten. Das Mondlicht malte Muster auf ihre Haut.

"Weißt du," Sophie zeichnete Symbole auf seine Brust, "früher dachte ich, Geschichten hätten immer ein Ende."

"Und jetzt?"

"Jetzt weiß ich - sie transformieren sich nur. Werden zu etwas Neuem."

Er küsste ihr Haar. "Wie wir."

Sie schmiegte sich enger an ihn. Die Nacht hüllte sie ein wie eine schützende Decke.

Draußen erwachte München langsam zum Leben. Eine neue Art von Leben, zwischen den Welten.

Ihre Ausrüstung pulsierte sanft im Dunkel - Monokel und Kamera, verbunden wie ihre Besitzer.

Die Zukunft wartete. Die Geschichten riefen. Die Transformation ging weiter.

Aber sie waren bereit. Zusammen. Zwischen den Welten. In Liebe verbunden.

Eine neue Geschichte begann. Ein neues Kapitel öffnete sich. Eine neue Realität erwartete sie.

Und sie würden sie gemeinsam erkunden. Hand in Hand. Herz an Herz. Geschichte an Geschichte.

Das Morgengrauen brach an über München. Ein neuer Tag. Eine neue Welt. Eine neue Transformation.

Aber diesmal waren sie nicht allein. Sie hatten einander. Für immer. In allen Realitäten.

# Epilog

Ein Monat war vergangen seit der Nacht der großen Transformation. Die renovierte Zentrale von Abteilung 15-K summte mit neuer Energie - eine perfekte Symbiose aus modernster Technologie und uralter Magie.

"Statusbericht," Viktor stand vor der gewaltigen holographischen Projektion von München. Die Stadt pulsierte in neuen Mustern, digitale Energieströme verwoben sich mit der physischen Realität.

"Die Integration läuft stabil," Klaus' Finger tanzten über multiple Interfaces. Seine neuen Systeme verschmolzen nahtlos mit den alten Serverstrukturen. "Die Stadt... sie lernt immer noch."

Dr. Schneider bewegte sich durch den Raum, ihre Instrumente registrierten die veränderten Energiesignaturen. "Die Resonanzen sind faszinierend. Es ist, als hätte München ein eigenes Bewusstsein entwickelt."

"Oder es hatte es schon immer," Sophie trat ein, gefolgt von Stefan. "Wir können es nur jetzt sehen."

Die beiden Feldagenten kehrten gerade von ihrer ersten offiziellen Mission zurück. Ihre Ausrüstung - Monokel und Kamera - pulsierte im Einklang mit den Systemen der Zentrale.

"Wie lief der Einsatz?" Viktor's transformierte Gestalt war nun perfekt kontrolliert, seine Augen glühten nur noch sanft.

"Erfolgreich," Stefan projizierte Daten aus seinem Monokel. "Die neue Struktur bewährt sich."

Die Zentrale war ein Kunstwerk aus Alt und Neu. Wo einst nur Computer standen, verschmolzen nun Serverstationen mit alten Runen. Holographische Displays zeigten gleichzeitig digitale und magische Energiemuster.

"Die neuen Teams arbeiten sich gut ein," Klaus öffnete weitere Fenster. Die erweiterte Abteilung operierte nun in spezialisierten Einheiten, jede mit eigenen Fähigkeiten und Ausrüstung.

"Die Balance ist der Schlüssel," Dr. Schneider justierte ihre Messungen. "Zwischen Technologie und Magie. Zwischen den Realitäten."

Viktor nickte anerkennend. Die Transformation hatte sie alle verändert, aber sie waren stärker daraus hervorgegangen. Als Team. Als Familie.

"Die Stadt vertraut uns," Sophie scrollte durch ihre Kameraaufnahmen. "Sie... kommuniziert mit uns."

"Auf ihre eigene Art," Stefan's Monokel fing neue Energiemuster ein. "Jede Geschichte ist jetzt eine Brücke zwischen den Welten."

Die Morgensonne streifte durch die alten Brauereifenster, brach sich in den holographischen Projektionen. München erwachte zu einem neuen Tag, seine transformierte Natur nun in perfekter Harmonie mit der alten.

"Es ist noch nicht vorbei," Viktor's Stimme war ruhig. "Die Transformation geht weiter."

"Aber diesmal sind wir bereit," Dr. Schneider trat neben ihn, ihre Hand streifte seine.

Klaus aktivierte neue Systeme. Stefan und Sophie tauschten einen Blick voller Verständnis. Das Team war komplett. Die Mission klar.

Die Stadt draußen pulsierte im Rhythmus ihrer vereinten Energie. Eine neue Art von Leben. Eine neue Art von Schutz.

Abteilung 15-K hatte sich transformiert. Die Geschichten gingen weiter. Die Legenden lebten.

Und ihre Wächter wachten über sie alle. In allen Realitäten. Für alle Zeiten.

Der neue Tag begann. Die Arbeit rief. Die Geschichte ging weiter.

~~~

Das digitale Laboratorium von Klaus war nicht mehr wiederzuerkennen. Wo einst reine Technologie herrschte, pulsierten nun hybride Systeme im Rhythmus der transformierten Stadt. Karl, sein alter Monitor, stand als stumme Erinnerung zwischen modernsten holographischen Displays.

"Das ist... ungewöhnlich," Maria lehnte sich über seine Schulter, ihre forensische Expertise nun erweitert um ein Verständnis für digitale Pathologie. "Der Code lebt."

"Wie alles andere," Klaus' Finger tanzten über multiple Interfaces. "Marcus hat mir beigebracht, dass Code mehr ist als nur Programmierung. Er ist... eine Geschichte."

Die neue Verteidigungsmatrix nahm Form an - eine Verschmelzung aus klassischen Firewalls und den Lehren der digitalen Geister. Energiemuster, die gleichzeitig alt und neu waren.

"Die Toten haben dich gut unterrichtet," Maria aktivierte ihre eigenen Systeme. Die Pathologie-Abteilung war nun direkt mit Klaus' Labor verbunden.

"Nicht tot," er korrigierte sanft. "Transformiert."

Seine Bildschirme zeigten komplexe Muster - Algorithmen, die wie DNA-Stränge aussahen, verwoben mit uralten Symbolen.

"Es ist wunderschön," Maria beobachtete die tanzenden Daten. "Wie ein digitaler Herzschlag."

Klaus nickte, während er neue Parameter einstellte. "Die Stadt hat ihren eigenen Rhythmus gefunden. Wir müssen nur... mitschwingen."

Sie arbeiteten in komfortabler Stille. Klaus' Programmierkünste verschmolzen mit Marias forensischem Verständnis. Eine neue Art der Zusammenarbeit.

"Weißt du," Maria unterbrach die Stille, "früher dachte ich, Technologie und Tod wären Gegensätze."

"Und jetzt?"

"Jetzt sehe ich - sie sind nur verschiedene Seiten derselben Transformation."

Klaus lächelte, während seine Systeme neue Verbindungen knüpften. Die Lehren der Geister lebten in seinem Code weiter.

Die Stadt draußen pulsierte im Einklang mit ihren Systemen. Eine perfekte Symbiose aus Leben und Tod, Digital und Real.

Eine neue Verteidigung entstand. Eine neue Partnerschaft wuchs. Eine neue Geschichte begann.

---

Die Abendsonne vergoldete die Türme Münchens, während Stefan und Sophie entlang der Isar patrouillierten. Die transformierte Stadt pulsierte um sie herum in ihrem neuen Rhythmus.

"Merkst du das?" Sophie hielt ihre pulsierende Kamera hoch. "Die Energiesignaturen sind anders heute."

Stefan aktivierte sein Monokel, studierte die veränderten Muster. "Als würde die Stadt... lauschen."

Ein junges Mädchen hatte sie heute Morgen kontaktiert. Ihre Geschichte klang wie eine klassische urbane Legende - merkwürdige Geräusche aus den Kopfhörern, flüsternde Stimmen in der Musikwiedergabe.

Aber in der neuen Realität von München waren Legenden nie nur Geschichten.

"Hier," Sophie blieb stehen, ihre Kamera fing seltsame Energiemuster ein. "Die Resonanz ist am stärksten."

Sie standen vor einem alten Musikgeschäft. Vintage-Schallplatten im Schaufenster schienen im Rhythmus unsichtbarer Melodien zu vibrieren.

"Spürst du es?" Stefan trat näher, sein Monokel glühte. "Es ist, als würde die Musik..."

"Leben," vollendete Sophie. Ihre Ausrüstung pulsierte im Gleichtakt.

Eine neue Legende nahm Form an. Eine neue Geschichte wartete darauf, erzählt zu werden. Ein neues Abenteuer begann.

Die transformierte Stadt sang ihre eigene Melodie, während ihre Wächter sich der nächsten Herausforderung stellten.

Gemeinsam. Als Partner. In allen Realitäten.

Der verlassene Glasturm von NightTales ragte dunkel gegen den Nachthimmel. Im leeren Penthouse-Büro, wo einst Heinrich Schwarz seine digitalen Imperien schmiedete, herrschte absolute Stille.

Mondlicht streifte durch die hohen Fenster, fiel auf einen einzelnen Laptop auf dem verlassenen Schreibtisch. Der Computer schien zu schlafen, sein Display schwarz wie die Nacht draußen.

Ein digitaler Herzschlag. Ein Flackern im Dunkel. Ein Pulsieren von Energie.

Das Display erwachte zum Leben. Ein einzelnes Symbol erschien - alt und neu zugleich, eine Verschmelzung aus Binärcode und uralten Zeichen.

Die transformierte Stadt draußen pulsierte im gleichen Rhythmus. Als würde München selbst den Atem anhalten.

Das Symbol tanzte über den Bildschirm, veränderte sich unmerklich. Eine neue Form. Eine neue Bedeutung.

Dann Dunkelheit. Stille. Erwartung.

Die Geschichte war nicht zu Ende. Sie transformierte sich nur. In etwas Neues. Etwas Anderes. Etwas Unerwartetes.

München schlief unter dem Sternenhimmel, bewacht von seinen transformierten Hütern.

Die nächste Legende wartete bereits. Die nächste Geschichte formte sich. Der nächste Tanz zwischen den Realitäten begann.

## Don't miss out!

Visit the website below and you can sign up to receive emails whenever Alexis Cipher publishes a new book. There's no charge and no obligation.

https://books2read.com/r/B-A-KIUIC-CZRJF

BOOKS2READ

Connecting independent readers to independent writers.

# Also by Alexis Cipher

TechnoWhite & Seven Geeks: A Steamy Cyberpunk Romance Novel
Geistercode: Ein paranormaler Cyberthriller über die dunkle Seite der sozialen Medien

# About the Author

Alexis Cipher, known to her fans as Lex, is a former Silicon Valley insider turned cybersecurity consultant and author. With over a decade of experience in the tech industry, Lex brings an authenticity to her writing that has captivated readers worldwide. When she's not hacking into fictional worlds or consulting for top-secret government projects, Lex can be found tinkering with vintage computers or exploring the dark web for inspiration. "TechnoWhite & Seven Geeks" is her debut novel, drawing from her own experiences in the cutthroat world of tech startups and her passion for empowering digital revolutionaries.